数字媒体艺术专业新形态精品系列

『创意与思维创新』

王馨 ◎ 编著

微课版

数字短片
剧本创作

U0742448

SHORT FILM
SCRIPT

人民邮电出版社
北京

图书在版编目（CIP）数据

数字短片剧本创作 : 微课版 / 王馨编著. -- 北京 : 人民邮电出版社, 2025. --（"创意与思维创新"数字媒体艺术专业新形态精品系列). -- ISBN 978-7-115 -66739-7

Ⅰ. I053.5

中国国家版本馆CIP数据核字第2025DL5563号

内 容 提 要

　　本书从数字短片产生的背景及概念入手，系统阐释其剧本的写作元素与写作策略等，细致全面地呈现了短片几大类型剧本的写作实践，力求通过案例分析探索指导性、可实施 、可落地的写作流程与标准文本，实现数字短片剧本创作的规范化与高效化，进而有力服务数字短片的创意生产与高效传播。 本书共八个章节，内容翔实、阐述清晰、图文并茂，涵盖记录短片剧本、实验动画短片剧本 、交互游戏剧本、数字广告短片剧本、短视频剧本等五大基本类型，既立足当下，覆盖传统影视剧本的写作流程，又放眼未来，将数字短片虚拟摄制、交互体验、AI 制作等新技术与新模块纳入其中，打通传统影视剧本写作的壁垒，详尽地探讨数字短片剧本创作的原则和特征，系统梳理从创意故事大纲与文字剧本、到后期分镜头的创作流程，揭开数字短片剧本创作的奥秘。

◆ 编　　著　　王　馨

　　责任编辑　　张　蒙

　　责任印制　　马振武

◆ 人民邮电出版社出版发行　　北京市丰台区成寿寺路 11 号

　　邮编　100164　　电子邮件　315@ptpress.com.cn

　　网址　https://www.ptpress.com.cn

　　临西县阅读时光印刷有限公司印刷

◆ 开本：787×1092　1/16

　　印张：11.75　　　　　　　　　　2025 年 8 月第 1 版

　　字数：274 千字　　　　　　　　　2025 年 8 月河北第 1 次印刷

定价：69.80 元

读者服务热线：(010)81055256　印装质量热线：(010)81055316
反盗版热线：(010)81055315

前言

PREFACE

近年来，在新一代信息通信技术和智能科学技术的有力驱动下，新媒体行业蓬勃发展，数字短片呈现出与传统影片诸多不同的特征，特别是新兴技术加快了数字短片的创新升级，使数字短片呈现多元化、现代化、虚拟化、融合化发展的趋势。当今，数字短片在传统制作技术手段与新兴制作技术手段升级间统筹发展、融合并进，其剧本创作也渐渐具有适应技术演进趋势和满足产业提升需求的双重特征。

正所谓"巧妇难为无米之炊"，剧本是数字短片创作的精髓和灵魂。数字短片是科技与艺术的融合体，兼具电影的工业属性和文化属性，其剧本在传统影视剧本建立的成熟完善的写作流程与标准体系中，又极大地丰富了艺术语境下的文本表征。进入数字媒体时代，数字短片（最短时长在1分钟以内）迅猛发展，数字短片剧本的系统架构、关键流程、写作元素和写作策略均发生了微妙变化。综上所述，编写数字短片剧本的专业创作图书势在必行。

面对新时代新征程，在数字短片剧本创作实践中融入大量的价值教育案例，在文化强国和科技强国建设中积极发挥价值教育的作用，是增强人们的文化认同和政治认同的必然要求。习近平总书记2014年在北京大学师生座谈会上指出："核心价值观，其实就是一种德，既是个人的德，也是一种大德，就是国家的德、社会的德。"在习近平新时代中国特色社会主义思想的科学指引下，本书的出版符合新时代社会主义、文化强国和科技强国建设方针，希望本书能够为国产精品数字短片的发展起到积极的引导作用，能够助力高校数字短片剧本写作课程体系的长远建设。

笔者从事数字影像艺术的理论研究与实践创作多年，通过总结自己多年研究成果与实践经验，且汇聚行业智慧和力量，历时一年编撰完成本书，旨在助力数字短片剧本学习者积极创作高质量的数字短片剧本，服务高校和行业的商业化剧本写作。

感谢张萌、丁沫文、周晗、忻悦、黄冠月、曹源所做的资料收集及写作工作。部分同学已经离开学校并走上了工作岗位，见到本书出版，一定会觉得辛勤的付出很有价值。

王馨

目录

CONTENTS

第 3 章
纪录短片剧本创作

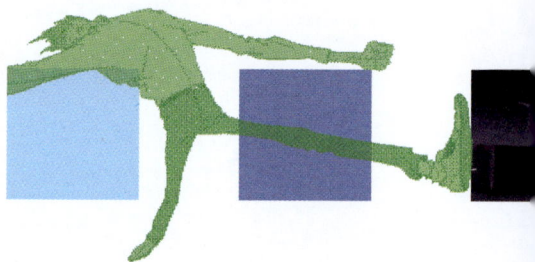

第 4 章
实验动画短片
剧本创作

第 5 章
短视频剧本创作

第 6 章
交互游戏剧本创作

第 7 章
数字广告剧本创作

第 8 章
优秀短片剧本赏析

第1章

绪论

学习要点及目标：

1. 了解数字短片的产生背景；

2. 了解数字短片概念的界定；

3. 熟悉数字短片剧本的写作特点。

核心概念：

剧本；蒙太奇思维。

微课视频

1.1 数字短片产生的背景

1.1.1 计算机技术发展

自1946年世界上第一台计算机问世到如今人工智能技术兴起，计算机技术的发展可谓日新月异。高清（High Definition，HD）技术赋予了数字短片导演创作高分辨率画面的能力，增添了各种图层和效果的可能性。拍摄器材的便携化和各种视频编辑软件如Topaz Video Enhance AI等的出现令使用计算机创作作品成为现实，非线性输出的成本大大降低。拍摄和后期编辑工作的日常化，让普通人拥有了影像创作的话语权，使数字短片的未来发展空间变得更加广阔。

技术的进步为数字短片形态的发展带来巨大契机，越来越多的视频爱好者在数字技术的发展浪潮中有条件地进行创造性的实践，推动了数字短片制作向个人影像（Personal Film）时代前进。数字短片制作摆脱了对胶片的需求，实现了全数字化的大众创作模式，甚至可以通过网络素材合成的方式进行纯人工智能的影像创作。而二维及三维动画技术、数字特效、非线性剪辑等计算机图形图像技术丰富了数字短片的语言，为数字短片提供了数字化手段与无限的创意，使数字短片能通过巧妙的"障眼法"表达多样的可能性。

数字时代打破了影像创作的技术壁垒，当今的计算机技术支持数字短片创作者运用他们能够想到的任何影像创作手法和视觉效果——实拍、动画、拼贴性的数字视频的结合等，人人都可以成为数字短片创作者。与过去的短片相比，数字短片有了计算机技术的加持，创作者能够以更加丰富的手段轻松地打造个性化风格。可以说，计算机技术极大地开拓了数字短片的创作空间，为数字短片的生成与发展提供了有力的支持。

1.1.2 视觉文化盛行

任何行业的发展都受到一定的社会背景的影响，而当今视觉文化盛行，影像审美水平的提升又带动短片文化内涵的延展。从某种意义上讲，一些数字短片具有解构理性、拒绝宏大崇高、支持意识流叙事等后现代主义色彩，甚至很多数字短片可以被看作对现实世界中无法实现的愿望的一种精神补偿，满足了现代人追求精神自由和互动交流的情感诉求。

所以，数字短片的发展伴随着新的视觉文化语境的产生，同时也塑造着新的视觉文化语境。后现代影像理论研究精神与气质，这深深影响着数字短片的创作。数字技术的支撑，消费主义的逻辑，镜头文化主因的推动，让数字短片从强调叙事向呈现奇观转变。叙事功能被淡化，奇观呈现功能被强调，这些与大众文化合流的转变使得受众的年龄范围不断扩大，视觉多样化和内容丰富化使受众有了自由表达思想的空间，这也是数字短片的魅力所在。

因此，从主观层面上来剖析，数字短片相对于图文具备更多元化的维度，比传统影像更直观、生动，能够在视觉文化上满足现代人从记录生活到表达情感、分享经验、演绎人生等多元化的需求。

1.1.3 媒介平台变更

随着5G的普及和互联网设备的升级，视频作品在移动终端（手机、平板电脑等）上的传播已经实现。各类传播平台的普及及受众观赏习惯的改变，决定了视频作品的内容和时长的调整方向。数字短片在时长方面具有"短"的优势，因此其能适应更多传播媒介和观赏条件，比如人们在空闲的几分钟内就可以观看完一部数字短片。时长方面的限制催生了新的价值取向，并使数字短片具有情节紧凑、内容精彩且高潮集中等特点。

所以，数字短片不仅仅在制作技术及成长语境方面特点突出，其传播平台也异于传统影像。依托于自主性和互动性更强的自媒体平台的蓬勃发展，视频网站、电子杂志、App等为数字短片的创作和传播提供了多种渠道，打破了传统传播平台的垄断，给予了数字短片更大的成长空间。同时，各大平台也为众多创作者提供了教程和工具，他们可以借助新的平台界面更方便地进行时长更短的数字短片创作和加工。在数字时代，数字短片从来不缺乏舞台，其一经发布就能被受众快速接收。

因此，从客观层面上来分析，随着移动终端的发展，流量资费降低，关键性技术要素成熟，市场上建立起更加便捷、快速、个性化的信息生态系统，全新的艺术表现形式已经在不经意间延伸、融合至现代社会，推动了数字短片的大规模发展。

1.2 数字短片概况

1.2.1 概念界定

目前，学界还没有对数字短片形成清晰而完整的学术定义，在所有相关的词典中都没有查到数字短片这一词条。国内已经有一些学者在文章中对数字短片进行了界定。其中，台州有学者认为：数字短片是随着数字技术的进步，多媒体时代的到来，电影电视艺术的发展，借助网络、手机、移动电视等多种播放媒介盛行起来，在短时间内播放的数字影视内容。也有学者认为：数字短片是用数字技术制作的短片，属于新媒体艺术的范畴，包括很多动态影像，如用DV直拍的短片、实物动画、三维动画、平面动画、Flash 动画等。因此，数字短片是一个泛而博的概念，从形态的角度来看，它属于电影艺术，但与传统影像又有本质区别；从媒介传播的角度来看，它属于新媒体艺术（New Media Art），即从媒体层面考察为新兴或新型的视频短片；而计算机技术与互联网移动终端的发展又使数字短片不仅作为一种新型传播形态被讨论，更被看作跨界艺术话语权的融合。

大众所熟知的微电影（即微型电影）与数字短片虽然在制作手段、播放平台上有一定的相似度，但本质是不一样的。微电影在创作上基本沿用传统电影制作手法，通常是把纪录片排除在外的剧情片、故事片。另外，微电影时长一般在30分钟左右，最长不会超过60分钟。而数字短片更加强调计算机技术与数字影像艺术的"联姻"，强调数字技术的运用与后现代影像理念的生成，有经验的数字短片创作者应该熟练掌握讲述"故事"的方式，这里的讲述"故事"可以是情节叙事，也可以是某种概念的提出、对某一主题的探讨，抑或是一种情绪氛围的渲染，从而形成具有强烈的数字化视觉风格的画面。

一般来说，数字短片是以数字化手段拍摄或绘制的，以视听语言为创作规律，结合采用二、三维表现形式，专门在各种新媒体平台上播放，也特别适合在移动状态下播放，有完整创意策划思维和数字制作体系支持的动态影像作品。

值得思考的是，对于数字短片的研究，我们是否应如此纠结于其概念的界定或者艺术类别的判定？很明显，数字短片不属于艺术大类，也并不是美术、音乐、电影之外的某种新的艺术类型。在处于后现代语境下的视听时代，数字短片强大的整合能力使其具有极强的颠覆性，其无处不在，无时无刻不被讨论着，在强大的人工智能技术的突飞猛进中却又似乎从来没有被针对性地研究过，这也体现了本书的写作意义。

1.2.2　形态

数字短片在新媒体时代表现出多样的形态。

从叙事内容上看，具有传统形态的作品一般要表现情节和故事的叙述，剧本中要有具体的人物、场景和情节线索；而数字短片不倾向于故事的叙述与情节，更倾向于单线叙事或者进行非线性的精简的画面表达，角色和场景的符号化和虚拟性愈发凸显，这就决定了数字短片和具有传统形态的作品在创意、策划、制作和设计等环节的侧重点以及在剧本构思方式上的本质不同，数字短片更强调无限主义的影像思维与后现代主义理论的研究内容。

从视听语言上看，与传统的影像形态依赖于镜头叙事、拍摄表演、剪辑技巧等电影元素间的相互配合不同，数字短片从图文表达的动态短片到多种媒介混合的视频表达，对视听设计相应地予以简化。例如，多采用固定镜头、客观镜头，主观镜头相对较少，尽量采用横向的场面调度，在镜头组接方面也采用景物转接的剪辑等简单的表现手法。新媒体时代呈现出丰富多彩的影像景观，近几年兴起的短视频更是成为数字时代大众的主要日常消遣对象。

从播放平台上看，数字短片可以看作适合在移动终端上传播的数据流，虽然微电影和网络剧等也会通过新媒体渠道传播，但显而易见的是，它们不专为新媒体而生，仍然具有传统影像的特性。这也从侧面表明，数字短片并不仅限于传统的形式，还能表达新兴的创意。

电影学者倪震曾指出："计算机技术的开发和合成影像在电影中被日益广泛地运用，使人们看到了人的意志、人的智慧在活动影像艺术中的无限可能性。"它昭示着在这样一个消费社会和视觉文化时代，数字短片正在以更丰富的形态和更广泛的用途构建无限主义的影像思维。相比于传统影像有限的、被动的、无法获得反馈的单一传播，数字短片的虚拟性、交互性和沉浸性特点更加凸显，如获2022年戛纳短片电影节评审团奖的*The Crow*（《乌鸦》）就是很好的例子（图1-1）。这是由计算机艺术家格伦·马歇尔（Glenn Marshall）借助人工智能生成的创意短片，展现了乌鸦模仿舞者跳舞的画面，运用了人工智能生成搭建的虚拟现实场景、文本情节的沉浸处理、互动结合的视觉体验等形式，这些表达手法和影像生成都是传统影片无法拥有的图像特征。

图1-1　*The Crow*（《乌鸦》）的画面截图

数字短片既包含使用传统影像叙事手法制作的广告短片，也包含专属新媒体世界的交互游戏；既包含高雅严肃的实验动画，也包含通俗有趣的短视频；既可呈现为长达二十几分钟的纪录短片，也可呈现为短至几秒钟的动态可视化作品。相对于传统影像，数字短片更偏向创意视频的当代呈现。

1.3　数字短片剧本

数字短片的剧本写作，归根结底，还是属于写剧本，所以创作者先要了解剧本的概念和特点。数字短片的剧本写作，其中仍然包含情节、场景、角色和镜头以及造型设计和灯光音响等传统方面的因素。

1.3.1　"一剧之本"

著名导演黑泽明（Akira Kurosawa）曾说："弱苗是绝对得不到丰收的，不好的剧本绝对拍不出好影片来。剧本的弱点要在剧本完成阶段加以克服，否则，将给电影留下无法挽救的祸根，这是绝对的。无论拥有多么优秀的导演，也无论导演付出了多大努力，只要剧本不好就无济于事……总之，一部影片的命运几乎全由剧本来决定。"因此，剧本也是数字短片最基本的创作元素之一，剧本质量的高低决定着作品的优劣与成败，一个质量高的剧本可能被制作成一部平庸作品，但一个质量不高的剧本是不可能被拍成一部出色的数字短片的。

对剧本的文学价值的重视和强调，有助于营造全社会尊重创作者、尊重创造性劳动的良好氛围，激发创作者的原创意识和创新活力，使其创作出激动人心的剧本。剧本创作不能闭门造车，而要体现生活积累。史蒂芬逊说编剧是一种沟通形式，是情感发泄或愿望实现的途径，是对社会的反映，是实质世界的外相表露，更是阐扬真理和说明人性的一种方式。深入生活是编剧要学会的一门基本功，也是剧本创作的必由之路，生活不等于艺术，但是从生活中能提炼出创作所需的一切资源。

数字短片的剧本写作注重影像艺术时间和空间的综合，如果缺失了剧本写作基本的核心要素，其他方面就会黯然失色。目前，数字短片的剧本写作正经历从封闭走向开放、从顺从走向思考、从模仿走向变革的蓬勃发展的重要阶段，数字短片如果离开了剧本这一创作源泉就将成为无源之水，打造数字短片精品力作，最重要的是打造"一剧之本"。

1.3.2 剧本的概念

著名的电影理论家、创作者叙德·菲尔德（Syd Field）在《电影剧本写作基础》中一针见血地指出，剧本"既不是小说，也不是戏剧……而是由画面讲述出来的一个故事"。数字短片剧本也是从文学中汲取养料和艺术经验的，不同于传统的文字叙事，它创造出一种通过以镜头画面为主的独特视听思维来构思和写作的崭新形式。

数字短片剧本应被当作一种阅读兴趣文本来欣赏，也有着多维度的价值。剧本的语言具有很强的包容性和立体性，从表达方式上看，融叙事、议论、抒情、说明于一体，但又区别于纯文学作品；从内容形式看，集哲理、韵律、动感、隐喻于一体；从呈现效果上看，主题定位、角色场景、线索情节无不呈现于整个文本之中。剧本的写作魅力主要体现在以下几个维度。

（1）**文学性**。剧本是一种供人阅读的文本，老舍先生说："在动笔写剧本的时候，我们应当要求自己是在作'诗'，一字不苟。在作诗的时候，不管本领大小，我们总是罄其所有，不遗余力，一个字要琢磨许多次。"可见，创作者对语言的雕琢非常深入。下面以植物科普类自媒体创作者"一方见地-王路璟"的短视频作品《崖壁上的花园》（图 1-2）的剧本结尾为例进行讲解。

▼ 崖壁下　白天　外景

璐璟走在崖壁下，时不时地望向空中，气喘吁吁地说道："你看，这没有土、水也不多的崖壁上真的可以长出一座花园。"

崖壁上的各种植物生机勃勃地向阳生长，花叶虽不大，但生命的气息却扑面而来。

"生命本不同，自然会有不同的选择，不同的造化。"画面缓缓地随着音乐变化，可以看到崖壁上的植物移动着，那里绿叶葱葱，红叶盎然，小花则在细风中轻轻摇曳。

"而后有不同的形态、不同的特质，世界也会因此而丰富、而热闹。"仔细看去（特写），崖壁上的花儿、叶儿相互交织着生长，嫩枝微微晃动着。璐璟为生命的力量感到震撼，讲述时不禁双手握拳，充满希望地扬起头。

"每个生命都会有自己的归属，在最合适的地方开出花、结出果。"璐璟继续在崖壁下走着，不时抬头望向上方的崖壁，映入眼帘的是一片郁郁葱葱的苔类植物和因为潮湿不断落下的细小水滴。

"概念是知识的进阶，但不要让它成为理解世界的局限。"镜头从璐璟的脚慢慢上移，璐璟和一只黑色的小狗不断向前走去。崖壁上的花园里的小植物们依然长得很旺盛。

"送你这座崖壁上的花园，希望你可以相信、接纳、理解生命的更多可能。"

璐璟满怀希望地笑着，正拿着相机记录崖壁上的小生命们。

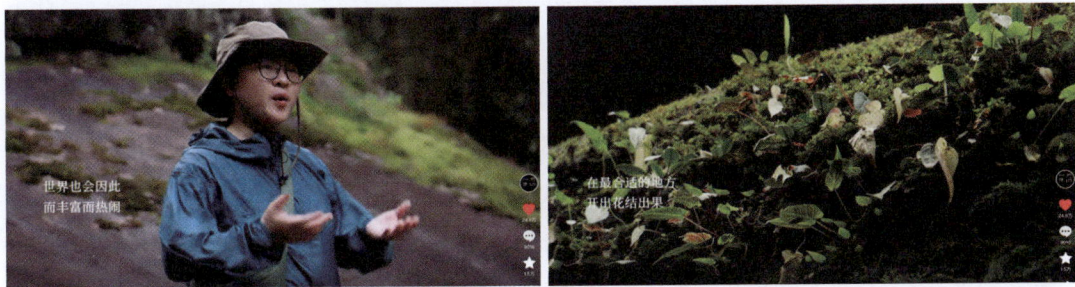

图1-2 《崖壁上的花园》

《崖壁上的花园》的剧本用叙述性语言勾勒画面，因此观众的脑海中已经出现了美丽的、具有生命力的图景：陡峭的崖壁、金色的阳光、葱葱的苔藓、颤颤的嫩枝、独行的旅人。这片崖壁原是少有人到访的地方，但是因为讲解人璐璟的来临，观众跟随她的步伐深切地感受到了崖壁上这些植物对茁壮成长的渴望和对恶劣环境的不屈服。"一方见地"的很多短视频如经典的自然纪录片一样唯美，旁白像诗一般富有韵味，看到这类短视频，观众会不由得静下心来聆听关于植物的故事。片尾处，璐璟随着看到的崖壁上的植物增多逐渐升华了主题：希望每个人都像崖壁上的这些小生命一样——相信、接纳、理解生命的更多可能。

从以上案例可以看出，剧本的文学性能渗透到画面中，增强画面的表现力。除了重视角色形象的塑造之外，环境气氛的烘托和渲染，细节的设计和表现，时空结构的建立和转换，甚至某些意境的表达，都可以通过创作具有文学性的剧本来实现，从而使视听作品的艺术魅力在无形中被大大地提升。

（2）**抒情性**。剧本的抒情性一般体现在旁白和独白中，其中独白更能显示出震撼人心的力量。剧本的抒情性之所以如此强烈，是因为在阅读过程中用想象的力量把画面激活于观众面前。环保公益广告短片*Greenpeace：There's a Rang-Tan in My Bedroom*（《绿色和平：

有只红毛猩猩在我卧室》）（图1-3）以一只可爱的小猩猩为主角，讲述了砍伐雨林对猩猩栖息地的破坏的故事，引起观众的共鸣，唤起观众对保护雨林的关注。*Greenpeace：There's a Rang-Tan in My Bedroom*（《绿色和平：有只红毛猩猩在我卧室》）的剧本写作侧重点如下。

首先，确定广告主题：保护小猩猩的家园。

其次，提出宣传目的：保护雨林，减少棕榈油产品的生产。

再次，构建剧本场景：第一个场景是小女孩待在温馨可爱的卧室，暖色色调、阳光明媚；第二个场景是猩猩身处阴森的雨林，光线暗淡。

最后，撰写小女孩和猩猩的独白。

▼　**场景1：女孩卧室 日 [图1-3（a）]**

小女孩害怕又困惑地蜷缩在床上，小猩猩在卧室里跳来跳去。

小女孩：我的卧室里有一只猩猩，我不知道该怎么办。

小猩猩在卧室里四处拨弄小女孩的物品，并发出奇怪的叫声。

小女孩：她玩了我所有的泰迪熊，还一直翻弄我的鞋。她把我家里所有的植物都毁了，还不停地大喊"喔!"。

▼　**场景2：自然雨林 日 [图1-3（b）]**

一辆大卡车驶入已经被毁坏的雨林，旁边都是被砍伐的树木。

小猩猩：我的森林里有个人，我不知道该怎么办。

大卡车毁了树林，小猩猩不得已地爬上了最后一棵树的树梢。

小猩猩：为了你的食物和洗发水，他毁了我们所有的树。

上述剧本在最后呈现真实的猩猩幼崽、有关雨林砍伐的真实数据，如图1-3（c）所示，可进一步提升影片的真实感，强调保护雨林的紧迫性和重要性。

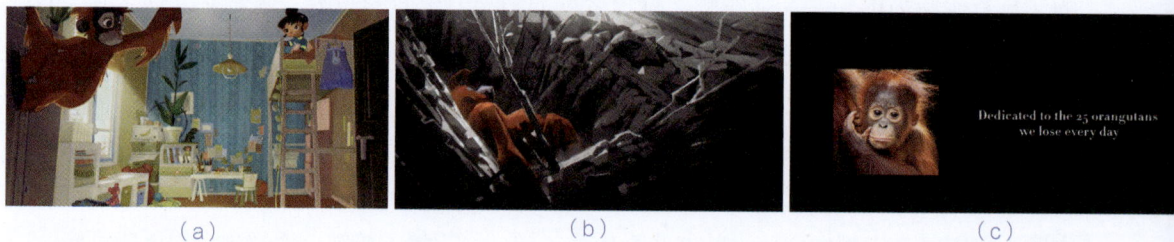

（a）　　　　　　　　　　　（b）　　　　　　　　　　　（c）

图1-3　短片截图

剧本写作过程中，设定两个色彩截然不同的场景并进行强烈的对比，能让观众产生冲突感。创作者要考虑如何用旁白/对话串联这两个场景，由怎样的旁白/对话来切换这两个场景，并注明文字所匹配的关键画面，还要特别注意旁白/对话与画面的匹配度和冲击力，以及文字的出场顺序和画面气口。

（3）**动作性**。剧本的动作性指人物的语言流向（人物语言间的交流和交锋），起着推动或暗示故事情节发展的作用。戏剧艺术家焦菊隐说，语言的动作性，就是语言所代表的人物的思想活动的丰富性和复杂性。剧本语言产生于内心动作，即思想感情，能引起千变万化的外部动作。2020年获第92届奥斯卡金像奖最佳动画短片奖提名的实验动画短片《勿忘我》（图1-4），在开篇就利用人物的语言流向定下了关于遗忘的悲伤格调。

丈夫正在画着妻子的画像，画面中的人物轮廓模糊，只能看到大色块和五官，妻子则坐在画架后面抽着烟。两人发生了一段对话。

妻子："路易，你知道吗？车里的排骨放了有一个月了。"

丈夫："一个月？这时间还不够把肉腌好。"

妻子："够了，别烦我了，你老是拿这种事寻开心。"

画面一转，两人正在吃饭。

丈夫（吃得很投入，看向妻子笑眯眯地说）："很好吃。"

妻子："胡椒粉请递给我一下，谢谢。"

丈夫拿起手边的乳酸菌递了过去。

丈夫："给。"

妻子："别闹了，是胡椒粉。"

丈夫又拿起旁边的法棍递了过去。

妻子（面容温柔）："别闹了，是瓶子后面那个。"

丈夫拿起胡椒粉罐凑近了看看，扭曲的罐身看起来有些奇怪。

丈夫："这什么东西？你妈妈送的礼物？"

妻子（笑着）："这小瓶子我们用了二十年了。别提我妈了，让她老人家在九泉下清静清静吧。"

丈夫："啊？她死了？但你还是要承认她品位不太行。"

妻子："好了路易。"

丈夫擦了擦嘴，歪头思考着什么。

妻子："怎么了？"

丈夫："什么东西？闻起来挺香的？"

妻子："你别开我玩笑了。"

妻子盖上砂锅盖子，起身去收拾餐具。

丈夫："好好好，我好像不太饿，能给我个水果吗？"

原来，丈夫路易因为患有阿尔茨海默病逐渐忘记了很多事情，但一直在努力记住自己的妻子米歇尔。随着对话的深入，他的视觉也会变得扭曲和缺失，有些物品在融化，有些人的面容在扭曲，有些颜色变得混乱。剧本描述他的世界就像梵高油画中的笔触，世界逐渐变形、消失，尽管他尝试用便利贴提醒自己，也无法改变他的世界中只剩下一地的便利贴的现状，甚至连房间四周的墙壁都消失了。

图1-4 《勿忘我》

"您真漂亮，您愿意给我当模特吗？我想为您画像。"

…… ……

"女士，我跟您说过我觉得您很美丽。"

"是的先生，你也不差。"

…… ……

"你会跳舞吗？"

"好。"

…… ……

"别放开我。"

"别担心，我不会放手。"

…… ……

剧本中的人物对话让观众产生联想：或许他们当初就是这样相识的，绅士为美丽的小姐作画，两人相拥跳舞，情愫在画笔与目光的流转间暗生。但现在，绅士眼中的美丽小姐只剩寥寥几笔色彩，他们重复着相识时的话语与行为，妻子的影像在他的眼中慢慢消散。因此，动作性语言既能表达角色间的交流，促使角色用新的动作更积极地投入冲突，又能引起外部动作，不断塑造角色关系、推动画面情节发展，揭示角色复杂的内心活动。《勿忘我》的剧本中的语言让人感受到一种窒息般的悲凉，一切都那么残酷，一切都那么不近人情，一切在疾病面前都那么徒劳。

（4）**个性化**。因为短片受时间的限制，所以创作短片剧本时应注意语言的锤炼，力求做到洗练、简洁而又富有表现力。个性化的台词能把人物所处的时代以及人物的出身、年龄、职业、教养、经历、社会地位等都表现出来。例如经典动画短片1999年版《西游记》（图1-5）车迟国降三怪的片段为我们生动地描绘了师徒四人形象：唐僧，以慈悲为怀，取经的信念坚定，是取经团队的精神领袖。孙悟空，机智勇敢，武艺高强，爱捉弄人却心怀正义，是取经团队中的核心力量。猪八戒，幽默风趣，不善担当，虽能力不及悟空，却也是重要助力，性格乐观能调和团队气氛。沙僧，忠厚老实，任劳任怨，默默奉献，是不可或缺的存在。1999版《西游记》通过个性化的词语表达为观众们呈现了各个角色的风格和一个幽默充满趣味的动画世界。

车迟国陛下："大仙说得对，这些都是小把戏，要比就比真功夫。"

猪八戒："干脆，我们三对三武力解决算了。"

羊力大仙："嘿嘿，我早知道你们不敢。"

孙悟空："谁说不敢了，哼！"

羊力大仙："那好，咱们比下油锅！"

车迟国陛下："嗯，得下油锅啊。"

孙悟空："啊。我从来没有练过下油锅。八戒，你呢？"

猪八戒："没有没有。"

唐僧："沙僧你呢？"

沙悟净："没有，没练过。"

唐僧："这弄不好会送命的。"

猪八戒："先回去想办法，明天再比。"

车迟国陛下："明天再比？不行！今天就得比！"

虎力大仙："和尚想溜啦。"

羊力大仙："偏要今天比，现在就比。"

车迟国陛下："现在就比。立即点火，架油锅。"

侍卫："是！"

车迟国陛下："和尚先开始。"

孙悟空："你的皮厚，在油里还能抵挡一阵，你去吧。"

猪八戒："不不不，沙僧的毛多能挡油，最好他去。"

虎力大仙："哈哈哈哈，他们不敢比了。"

羊力大仙："只要他们一下去，我马上就加大火，保证他们烧的连骨头都化掉。嘿嘿嘿。"

唐僧："我去。"

孙悟空："啊？师父今天胆子变大了。"

唐僧："我是想着下油锅，谁去都是凶多吉少。我是师父，不能眼看着你们去送死。只是……"

孙悟空："只是什么？"

唐僧："你们三人要完成我的心愿，取回真经。"

沙悟净："师父，还是我去吧。"

猪八戒："我去。"

孙悟空："嗨呀，得了得了，我是开玩笑的。这种事儿当然是我去了。"

图1-5　1999年版《西游记》

这些精彩连篇、幽默风趣的个性话语，不仅能使我们开怀大笑，还能使观众在轻松的氛围里潜移默化地学习到正能量的内容，令观众由衷地喜欢上性格各具特色的师徒四人。其中，孙悟空那不畏强权、敢于斗争的精神深深激励着每一位观众，他也成为了无数人心目中的英雄偶像。

1.3.3　写作特点

数字短片的剧本创作是用镜头的方式思考，用文学的或绘画的方式表达富有电影表现力的情节与内容。有人认为，数字短片剧本和普通剧本没什么区别，只是播放时间和具体表现形式不同罢了。这种看法显然是很片面的。当我们去创作一部符合主流审美、力图吸引更多观众的数字短片的时候，就应该根据其自身的特点，使用恰到好处的技巧讲"故事"，把数字短片这种特殊形式的最大潜力挖掘出来。想要创作出好的数字短片剧本，要从本质上搞清楚剧本的写作特点。

1．团队合作精神的体现

随着现代社会的分工越来越细，数字艺术创作越来越强调团队合作的重要性，数字短片创作亦是如此。传统模式下，很多剧本是通过导演的拍摄指导和演员的精湛演技来表现出精彩的画面，从而使观众感受到剧本所要表达的文字情感。一般来讲，传统影视动画的制作环节有工业生产中流水作业的特点，行内有人把这种创作叫"影片生产"（这包括了剧本创作）。剧本创作结束后直接交由脚本绘制人员进行分镜头绘制，然后经导演、美术、视觉设计进行审编和修改，但由于每个人的审美与理解都不一样，经修改后的剧本往往与最初的剧本大相径庭。

数字短片剧本创作并不仅限于个人面对着计算机打字，也需要依靠团队的沟通与合作，是团队合作的艺术。就像香港漫画家黄玉郎指出的，依靠团队、抓住市场是成功的关键，这也是数字短片剧本的创作经验和规律之一。

数字短片的创作团队一般由几个到二十几个人组成，包括导演、编剧、摄影、设计、后期等。剧本最终由编剧负责，团队成员会共同构思画面和画草图，角色的头发、躯干、衣衫等的绘制和上色都有分工，团队成员也会针对一些问题提出修改意见。特别是一些学院派短片的创作团队成员很少，有人往往身兼数职。编剧需要具有良好的适应性和熟练的沟通技巧，以及较强的责任心、谦虚的心态和接受不同意见的勇气，促进团队内部的沟通，更好地提高短片的制作针对性和市场接受度。

其实团队合作一直也是业内倡导的一种精神。由儿童文学家包蕾任编剧的中国传统动画短片《三个和尚》（图1-6）中呈现的"一个和尚挑水吃，两个和尚抬水吃，三个和尚没水吃"，说的也是这个道理。导演阿达说："'三个和尚没水吃'并不是单纯说人多不好，而是因为心不齐才坏事。"因此对于数字短片创作来说，团队合作是很重要的，缺少团队合作就像是一台机器失去了发动机。片尾三个和尚按各人的能力差异做了团队分工——瘦和尚挑水、胖和尚劈柴、小和尚生火烧水，三人合作用滑轮提水，各尽其才，各展其能。

综上所述，基于当下数字短片广阔的市场发展空间，创作者更应非常重视团队合作精神，这种精神不仅要体现在剧本的创作过程中，也要深深根植于数字短片中。例如，系列动画短片《足球小将》《灌篮高手》《圣斗士星矢》中的角色大都以团队形式出现，讲求团队合作精神，提倡团队合作。

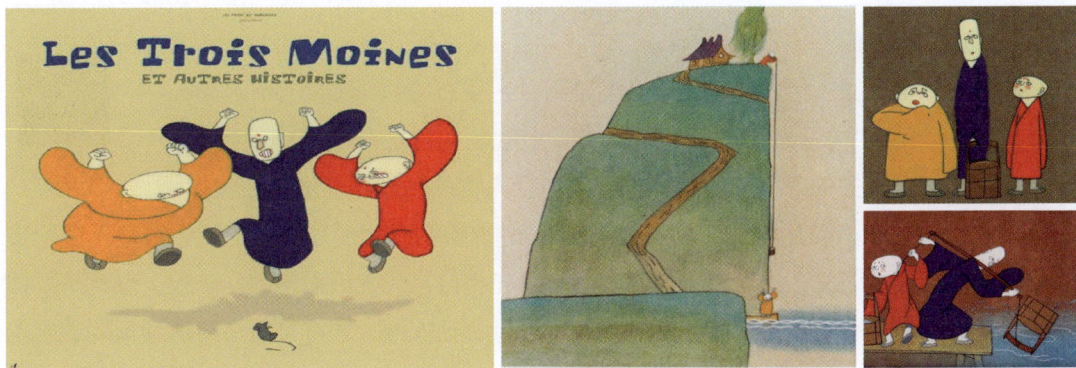

图1-6 《三个和尚》

2. 富有想象力与表现力

数字短片具有丰富多样的表现形式，展现了创作者丰富的想象力和高超的艺术表现力，给观众带来耳目一新的视听享受。沃尔特·迪士尼（Walt Disney）说过："动画片的首要责任就是把生活卡通化。"这里强调的是在动画片中充分发挥幻想和夸张的特性，数字短片创作者也应该重视想象力和表现力的培养，因为"想象"是创新思维的灵魂，剧本结局大多采用想象和夸张的手法进行处理，如美国动画《谁陷害了兔子罗杰》（图1-7）中的结尾片段首次采用真人实拍和二维动画结合的形式，以20世纪40年代黄金时期的迪士尼卡通王国作为故事背景，用瑰丽奇幻的色彩和异想天开的创意引人入胜，融合了卡通片、喜剧片和侦探片等多种剧作元素。

　　1932年获得奥斯卡金像奖最佳动画短片奖的《花与树》（图1-8）的故事情节并不复杂，清晨，森林中的花儿、树儿、鸟儿从睡梦中醒来，舒展腰肢、梳洗打扮，准备充实愉快地度过崭新的一天。主线相当简单，但是创作者却为观众营造出令人眼前一亮的声画环境，那个干枯的老树桩，睁开眼即不耐烦地驱赶它身旁的花儿、鸟儿，旁边是男树正向女树浪漫地求爱。由动物与植物共同构建的华丽而奇幻的拟人化空间，花朵和树木的动作与音乐节拍的一致性，引领观众进入神奇的想象世界。

图1-7　《谁陷害了兔子罗杰》

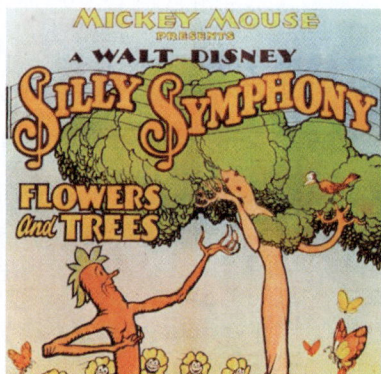

图1-8　《花与树》

3. 蒙太奇思维

　　法国"新小说派"代表作家、著名编剧阿兰·罗布-格里耶（Alain Robbe-Grillet）曾指出："构思一个电影故事，实际上就是构思这个故事中的各种形象，包括与形象相关的各种细节，其中不仅包括人物的动作和环境，还包括摄影机的位置和运动，以及场景的剪辑。"所以，好的编剧必须要让制作者能够清楚无误地将文字转换成画面。因此，要写出好的剧本，必须先将自己代入后面的创作阶段，也就是要体现画面造型性和具有蒙太奇思维，对创作对象进行合理安排，才有可能最终达到预期的剧本效果。

微课视频

　　所谓画面造型性，是指数字短片剧本的画面语言，包含了画面的光影、色彩、构图，以及镜头剪辑所造成的节奏、情绪冲击力或者数字短片特有的表现形式。

　　蒙太奇思维就是将剧本形象化的思维，编剧撰写剧本的思维和小说家、戏剧家有所不同。数字短片剧本的编剧在前期构思和写作阶段，就应该考虑到镜头的运动、画面剪辑、空间的自由转换，以及视觉展现，然后进行叙述和描写。有人认为蒙太奇思维是导演应具备的，编剧可以不具备，这种观点是偏颇的。数字短片的各个创作环节是不能分割或处于完全独立的状态的。蒙太奇大师普多夫金（Pudovkin）说过："蒙太奇是电影艺术家所掌握的最重要的造成效果的方法之一，因而也是编剧所掌握的最重要的造成效果的方法之一。"他说的"最重要的造成效果的方法"，当然离不开画面和声音的组合、时间和空间的组合，即通过视听语言和时空结构进行构思和表达，体现画面造型性。

综上所述，数字短片剧本是影像手法的自由化和视觉效果的多元化结合的产物，由于时间的有限性与表现特征的无限性，数字短片剧本与传统影片剧本同异共存，两者的写作流程基本相同，本书将在第2章中对此进行概括。但由于不同类型剧本间的差异越发突出，因此，本书从第3章开始将围绕纪录短片、实验动画短片、短视频、交互游戏、数字广告这几种当下比较突出的影像构成形态，针对其剧本创作分别展开论述。一方面，数字短片仍通过剧本中的角色和场景来引出表现内容，但表现内容变得更加大众化和自由化；另一方面，数字短片的碎片化、去中心化、个性化视觉特征构成了新的剧本写作语境。本书的着眼点在于数字短片剧本的创作流程，以及各种数字短片剧本的分类、写作元素、写作策略，并适当结合符合社会主义主流价值观的优秀短片剧本进行案例分析。

📄 1.4　课后习题

1. 你认为数字短片剧本是供阅读的，还是供拍摄的？
2. 结合具体短片，分析其剧本中的蒙太奇思维。

2
CHAP
TER

第2章

数字短片剧本
写作流程

学习要点及目标：

1. 了解数字短片剧本写作的基本格式与流程；

2. 掌握文本分镜头、画面分镜头、色彩分镜头之间的区别和联系；

3. 熟悉动态分镜头的使用。

核心概念：

文学剧本；分镜头脚本。

微课视频

2.1 创意策划与头脑风暴

原创和改编是剧本创作的两种形式。原创的数字短片剧本来源于自然和生活，是编剧对生活中的直接或间接经验的体现；改编是对阅读和观看的文学作品、图片或影像的改写，是运用电影的思维方式及其表现手段进行的一种艺术创作。

无论是什么类型的数字短片剧本，都要用视听语言叙述一个"故事"。剧本最初的主题就需要创意和策划，而头脑风暴是其主要方法。

所谓头脑风暴（Brainstorming），又称智力激励法、BS法、自由思考法，是由美国创造学家A.F.奥斯本（A.F.Osborne）于1939年首次提出的一种激发思维的方法。此法经各国创造学研究者的实践和发展，已经转为无限制的自由联想和讨论，其目的在于产生新观念或激发创新设想。数字短片剧本呈现的是什么？是一个吸引你的故事，还是一处迷人的风景，抑或是你做的一个美梦？创作团队可从不同角度、不同层次、不同方位，大胆地展开想象，尽可能地标新立异，提出具有独创性的想法。下面从3个阶段来分析数字短片剧本的策划创意（图2-1）。

数字短片剧本　策划创意

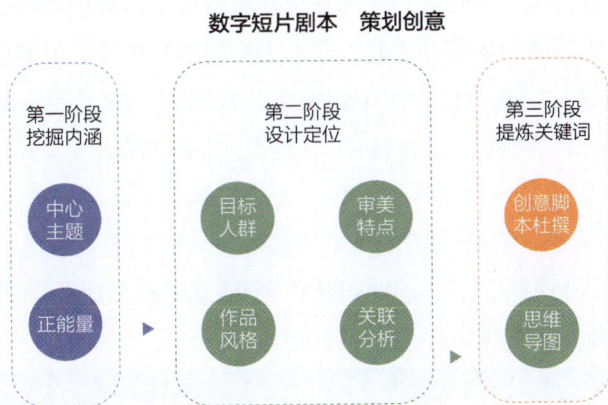

第一阶段　　　　　第二阶段　　　　　　第三阶段
挖掘内涵　　　　　设计定位　　　　　　提炼关键词

中心主题　　目标人群　审美特点　　创意脚本杜撰

正能量　　　作品风格　关联分析　　思维导图

图2-1　数字短片剧本的策划创意

第一阶段　挖掘内涵。数字短片的剧本不一定讲述一个完整的故事，更多是围绕一个中心主题描述画面，抑或是表达一种情绪、感悟。因此，数字短片剧本的主题丰富多样，重点在于"能否将其转换成具体的镜头和画面"。主题内涵的表达也很重要，数字短片剧本特别要注意正能量的输出。

第二阶段　设计定位。这个阶段包含4个方面，没有先后顺序，互相关联，融为一体。

目标人群：考虑受众定位及对题材的接受程度。

作品风格：考虑将主题转化为视听语言的可能性，以及画面风格的前期设定。

审美特点：考虑主题的民族性及地域性，在此基础上构筑审美需求。

关联分析：考虑数字短片剧本本身所具有的挖掘潜力和倾向性，包括社会影响力、哲理意味等。

第三阶段　提炼关键词。在这个过程中，我们可以用创意脚本和思维导图来体现创意。思维导图，又名心智导图，是表达发散性思维的有效工具，简单又高效，实用性较强。

2.2 剧本大纲和角色简介

剧本大纲扼要地表达了数字短片的时长、所含场景及冲突、主要角色之间的关联，反映出未来中心事件或勾勒出其主旨的大致轮廓。剧本大纲是创作文学剧本的基础，文学剧本的内容不能偏离剧本大纲的基本内容。

剧本大纲包含的内容主要如下。

（1）短片的框架。根据需要（如短片的用途、是否要求原创等）进行资料的搜集工作，并对资料进行整理和汇总。如果短片要叙述故事，那么应由专人或创作小组进行编写，创作出故事提纲。

（2）短片的时长、背景、风格等。大部分短片有自己的世界观和特定的时空观，并且需要用特定的镜头语言表达画面内容，因此，剧本大纲要明确短片的最终风格。

（3）角色设定。短片中的角色一般不会太多，甚至有一些可视化短片中没有角色。短片的角色设定一定要生动鲜明，富有特点，体现出角色的性格，同时要避免定型化的撰写。如果短片既有主要角色，也有次要角色，剧本大纲中可以重点说明主要角色的设定，简单说明次要角色的设定。编剧往往会为角色量身设计一些造型特征、习惯动作和口头禅等，反复强化角色的性格特征。主要角色的性格特征总是遵从时代的道德标准和审美要求的，如机智、勇敢、正义、忠诚、坦荡、有责任感等。

▼ 《关于叫流浪的狗》

原创剧本 • 作者/卢健炜

主要角色

姓名：流浪。

种类：哈士奇。

习惯的语言：普通话。

性格：善良、幼稚、懒惰、自以为是、倔强。

出生日期：1988年10月15日。

站高：178cm。坐高：80cm。睡高：45cm。

住址：锦安小城91路江南中心10号街09号别墅。

兴趣：遛老鼠、弹钢琴、听音乐、睡懒觉、吃美食。

最讨厌的事：不和谐的氛围，撒谎的人，吃甜食，独处（因为小的时候被父母抛弃，所以一直以来都害怕独处，也害怕打雷）。

　　最喜欢的颜色：黑色、浅蓝色、各种高级灰色。

　　口头禅：生活在同一个世界的人啊，这是何必呢！

　　总体造型：威武，嘻哈风格，穿着格子背带裤，系着花式领带，戴着有白色边的大墨镜，耳朵上有3个耳洞，一个蓝色钻石耳钉，只穿有帽子的衣服，额头上有个明显的火焰标志。

　　最喜欢用的道具：一个带有桃心木制的弹弓。

　　家庭成员：主人全家。

　　朋友及对手：宠物猫小见。

　　角色设定越丰富越好，而且角色的性格特征不是凭空捏造的，而是要和剧本的主题有千丝万缕的联系，《关于叫流浪的狗》旨在号召大家爱护身边的小生命，与自然和谐相处，让自己的生活更美好。流浪是主角，也是一只宠物，其主要特征是正直、善良、重友情，以及提倡平等和自由，在此基础上又有些懒惰、贪吃、爱睡觉，喜欢捉弄隔壁的宠物猫。基于上述角色设定制作的剧本大纲如下。

剧本大纲 ▼

　　流浪（哈士奇）吃饱了，躺在主人昂贵的沙发上面睡着了，做了一个神奇的梦……

　　在某个空间里生存着3个种族，分别是处于高贵等级的狗族、猫族和处于被压迫等级的人族。在这个特殊的世界里，人族一直都是狗族和猫族的奴隶或者宠物，但是，善良的流浪从来都没有觉得人族是低等级的生命体。

　　在他的记忆里，自从父母抛弃自己以后，在自己的成长过程中人族都对自己很不错，所以，一直以来他都觉得，这个世界里的生命体都应该是平等的。所以，在人族的国度里，流浪的声誉一直不错。

　　看到周围的同伴都在遛人，为了打发空余时间，流浪经常去宠物市场买老鼠。

　　某天，流浪在狗族与猫族交界的森林处遇到了猫族的农场主小见，小见正好从人族那里买奴隶回来。由于长途跋涉，小见的食物已经吃完了，看到流浪手里牵着的大胖老鼠，于是和流浪商量把老鼠给他，但流浪以放掉这个人为条件。小见没有同意，因为他觉得人族是自己的奴隶。

　　流浪和小见为此事争吵起来，吵着吵着，流浪被吵醒了……

　　主人在大厅大声说话吵醒了流浪，说话内容为隔壁的宠物猫小见意外离世了。

　　主人拿了流浪最爱的宠物粮放在他旁边。

　　从上述剧本大纲中可以分析出以下几点。

　　主题风格："关爱生命"的正能量短剧，略带无厘头风格。

　　角色关系：流浪与宠物猫小见、主人关系复杂。

　　中心事件：流浪梦见自己处于一个特殊的世界，这里的狗族、猫族与人族的地位与现实世界完全不同。

　　剧本大纲在剧本创作过程中起到抛砖引玉的作用。在与投资方进行交易时，编剧可以通过剧本大纲进行首轮的谈判；在对项目经理进行初步汇报时，投资方成员可以通过剧本大纲进行前期的筛选；在参赛前与指导老师沟通时，学生也可以根据剧本大纲来选择赛道。要创作出一个有吸引力的剧本大纲，编剧的文字表达能力与故事构思能力缺一不可，所以创作剧本大纲也是一门技术活。

2.3　文学剧本

文学剧本用文字表达并描绘画面和内容。大部分数字短片剧本创作是以文学剧本为基础的，特别是场景和镜头较多的数字短片剧本。此项工作一般由编剧完成，其包含的重点内容有以下几个方面。

1. 对受众有视觉吸引力的故事

要想讲好故事，编剧要有一定的文化底蕴和丰富的生活感受，能将自己对人生的理解、感悟通过具体的情节体现出来。但很多数字短片中的故事其实并不等同于传统影视作品中的故事，不一定要有完整的情节和结构，而只需要表达一种情感、展现一段旅程、阐述一个观点。作为数字短片剧本创作基础的文学剧本一定要突出故事的亮点，具有一定的视觉吸引力。

《骄傲的将军》这部中国原创动画短片（图2-2），以一位得胜归来的将军前后对比作为故事的主线索。著名漫画家、美术活动家华君武先生创作了本片的动画剧本，设计了将军、食客、农夫、猎户、大公鸡、鹦鹉等众多角色，通过"举鼎""射箭""抱坛痛饮""郊外比试""歌舞升平"等情节，诠释剧本核心主题"临阵磨枪"的寓言。从总体上讲，本故事曲折动人、情节起伏波折，编剧善用局部氛围暗示整体情节发展，并充分运用了虚实结合的美学手法。

图2-2　《骄傲的将军》

图2-2 《骄傲的将军》（续）

2. 生动而独特的视听细节

文学剧本写作是为了制作短片，让短片能够能拍、能看、能听，而不仅仅是为了阅读。因此，编剧在撰写文学剧本时，除了注重文字的叙述，更应该注重画面的呈现，并要特别注意画面的造型性、时空的变换和声画的结合，使文字描述具有镜头感。

短片《骄傲的将军》剧本（节选） ▼

广场上，旗帜飘扬，兵势雄壮。旗兵、号兵，执刀荷枪和手拿盾牌的士兵，各列成排。刀枪剑戟的闪光，逼得人睁不开眼睛。突然，号声、鼓声和马蹄声混合成一片，威严煊赫的将军身披钢盔铁甲，跨一匹雪白的骏马来到场上。将军左顾右盼，威风凛凛。

将军下马，进入巍峨的拱门。欢迎的人们分立两旁，躬身致敬。

将军走入大厅，高坐在虎皮椅上。众贺客一起参加了庆功宴。

一老者端起酒杯说："将军劳苦功高，小的上酒！"

众贺客中一个食客，戴方巾，摇折扇，抢上来谄笑着说："真了不起，敌人十万兵马就这么一下子，全给将军打跑啦！"

将军捋髯大笑。

一个贺客在笑声中局促地说："将军，看敌人还敢不敢再来呵？"

将军脸色一沉，把擎在手上的酒杯蓦地一放，冷笑着向周围扫了一眼，眼光落在厅外那只大铜鼎上，随即问道："你们看，鼎有多重？"

众贺客愕然，一时答不上来。

食客轻轻摇着折扇说："我看哪，少说也有四五……六七……八百斤吧。"

将军微微点头，"嗯"了一声，即抽身而起。

将军走出厅外，撩起衣袖，摆好架势，向下一蹲，握着鼎脚说："起！"

铜鼎被高高举在空中。

众贺客拥到厅前观看，都目瞪口呆。

将军手举铜鼎，在地上兜了一圈，突然猛一耸臂，铜鼎倏地飞入半空，在空中打了一个转，才落到将军手上。

众贺客齐声喝彩。

食客忙从众贺客中走出来，抹抹额上的汗，摇着折扇走向将军，极口奉承地说："就凭将军这一身武艺，敌人还敢再来送死么！"

在这个开场段落里，有些属于视觉造型，如下所示。

（1）众贺客中一个食客，戴方巾，摇折扇。

（2）将军捋髯大笑。

（3）将军脸色一沉，把擎在手上的酒杯蓦地一放，冷笑着向周围扫了一眼，眼光落在厅外那只大铜鼎上。

（4）将军走出厅外，撩起衣袖，摆好架势，向下一蹲。

有些既属于场景的选择，又属于环境气氛的渲染，如下所示。

（1）广场上，旗帜飘扬，兵势雄壮。

（2）将军下马，进入巍峨的拱门。

（3）欢迎的人们分立两旁，躬身致敬。

（4）众贺客拥到厅前观看，都目瞪口呆。

导演开场利用将军胜利归来后"举鼎"的动作，将剧本第一部分的重心——将军骄傲的性格特征和心理状态——展现得淋漓尽致。这段也是短片剧本中通过角色的动作造型和对话，实现剧本创作中的视觉造型设计、场景的选择以及对环境气氛的渲染的经典案例。因此，视听细节也成为数字短片传达剧本的含义的手段之一。

3. 时空情境的文学呈现

时间就是指剧本展开所经历的叙述时间，在剧本写作过程中，编剧可以根据需要压缩和扩展时间。空间就是剧本所呈现的场景，包括自然环境、社会环境。自然环境通常指山川河流、植被荒漠，以及其他各种生物的生存和分布；社会环境包括这个世界的政治、经济、文化环境等。在交互游戏剧本中，时空情境的所有元素共同构成世界观。所以，数字短片场景不单单是物理层面的空间概念，它可以展现故事的时空关系，起到烘托和对比人物的作用，涉及角色所处的生活空间、社会环境和群众角色等。

对于时空情境较复杂的剧本的呈现，可采用分场景写作的方式。时间和空间的结合是数字影像剧本结构的框架。跟小说用段分隔一样，剧本可以场景为单位写作。所谓一场戏，是指同一地点、同一时间发生的事件。

分场景剧本

写作格式如下。

第一步：一般都先标明场号（是第几场戏）、地点（内景、外景）、时间（日景、夜景或具体时间）及世界观（特别针对数字游戏的剧本），概括介绍这场戏的时间和空间。

第二步：可以叙述角色的基本状态、动作或对话。

第三步："逐个镜头"叙述画面内容，具体表现为场景氛围及角色的动作和行为。

划分场次依据：空间的转变。

《骄傲的将军》分场景剧本　▼

第一场（广场上，外景，日景）

…… ……

第二场（庆功宴大厅，外景，内景及日景）

…… ……

第三场（大厅，内景，日景）

…… ……

第四场（郊外，外景，日景）

…… ……

第五场（芦苇荡里，外景，日景）

几只大雁飞进芦苇深处。

将军坐在船头垂钓。食客站在他的后面。

船渐渐驶入湖心，湖上波平如镜。

将军坐在船头甩鱼钩，一下钩住了食客的帽子，投到水里。

食客惊喊："帽子！帽子！"

食客接过落水的帽子，重新戴上，水珠从湿漉漉的帽子上滴下来，流了食客一脸。

将军对钓鱼有些不耐烦了，他说："这个玩意……"，食客忙接话说："……可风雅得很哪！"

话音未落，水面传来吧嗒一声，顿时水花四溅。食客吓得逃进船舱。

他伸头定睛一看："哎呀，原来是天上掉下一只野鸭子！"

湖上传来一阵歌声，接着，芦苇后面摇出一只小船，船上有一个青年猎户和一个老船家，他们唱着歌向这边划来。

"喂，"将军站在船头指着野鸭子问，"这是你射下来的吗？"

青年猎户从水里捡起野鸭子，应道："是。"

将军点头道："你的箭法倒还可以。"

老船家听了不服气地说："什么？还可以？谁不知道他是我们这里的神箭手！"

食客凑上来指着将军说："神箭手在这儿哪！"将军喊道："拿弓箭来，打个张口雁！"

老船家不服气地咕噜着。

将军掂起弓，颤抖地搭上了箭，望见空中正飞过一群大雁，吃力地扯开弓，一箭射去。箭掠空直上，还没有射到雁群就无力升天了，摇摇晃晃，转头下落。

领队的雁一头扎下来，衔住箭，又腾空飞起。

将军的第二支箭又射了出去。另外三只雁看到箭，一起来个俯冲，互相抢着箭，一只雁接住箭，把箭衔走。

将军的第三支箭又射上去了，没有飞多高，就掉转箭头对着将军的船落了下来，吓得食客跳进水里，将军也赶忙闪躲。唰！落箭直挺挺地扎到船舱顶上。

食客站在浅水里，狼狈极了。那群大雁排成队向远空飞去。

老船家嘲笑地说："嘿嘿，还打张口雁哪！"

第六场（祝寿大厅，内景，日景）

…… ……

第七场（后院，外景，日景）

…… ……

以上分场景剧本介绍了《骄傲的将军》中的故事发生的时间、地点和氛围。芦苇荡里，几只大雁飞进芦苇深处，究竟是山色、天色，还是别的色，不得而知。一叶扁舟、山水相连、船头垂钓等都一一表现了出来。青年猎户入画，景、物跟随人的移动而流动变化、若隐若现；将军拉弓射箭落空的画面削弱了将军的气场。所以进行分场景剧本写作时要注意：当要表现角色有某种想法或某种感受的时候，要用动作来展现，而不是单单把它叙述出来。上述场景从时间和空间互相构建的角度，完美映现了中国古典艺术中"借景布局，漏窗泄景，水随山转，亭台迷离，随步移动，忽隐忽现，迂回曲折，似断似续"的表现手法。

4. 一个有审美价值的立意

《骄傲的将军》是中国动画艺术家们积极地用创作实践走民族化道路的有益探索，在中国动画短片创作史上的地位是独一无二的。

笔者认为，数字短片对中国传统文化的挖掘借鉴有多条道路可走，创作者应持续深耕当代数字短片剧本内容，致力于向行业输出正能量的文化内容，特别是要专注于公益服务、非遗传承、乡村文化振兴及讲中国传统故事等领域，不断在剧本创作中增强尽责意识与提升履责能力，输出"小人物、真英雄、大情怀、正能量"的剧本价值观。因此，本书也积极引用江南大学学生原创的优质短片剧本，如《老街》（图2-3）（作者：杨嘉琳、吴兆婷）颇具广东特色，反映中国社会的老龄化趋势，旨在向读者输出弘扬时代精神、展现中国力量的文化内容。

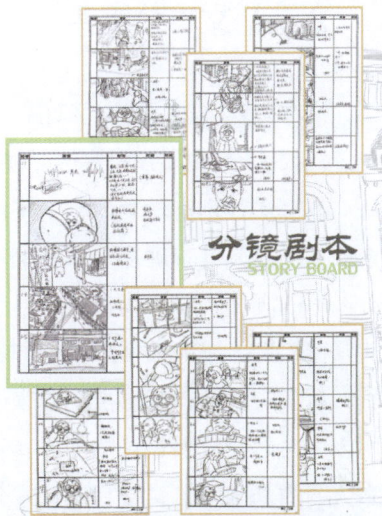

图2-3 《老街》

2.4 分镜头脚本

　　分镜头脚本又称导演剧本，是在实际制作各类数字短片前，将文字转换成立体视听形象的媒介，包括相应画面、对话、音乐及音响，有利于导演在接下来的拍摄和制作中把握节奏和风格等。

　　分镜头脚本的作用：前期数字短片设计的基础、中期角色与场景绘制的参考、后期特效制作的依据或者数字短片长度和风格的参考。

　　分镜头脚本一般分为文本分镜头、画面分镜头和色彩分镜头3类。通常情况下，分镜头脚本多指画面分镜头。

2.4.1 文本分镜头

文本分镜头是指用文字对剧本的构思做的说明，导演需要对文学剧本的内容进行相应的取舍，将数字短片中的每个镜号、时间、景别下的内容用文字表达出来，为实际拍摄提供依据。

数字短片剧本从影视剧本中借鉴了实拍分镜头的一些方法，文本分镜头与实拍分镜头有很多共同点，基本规律一致。文本分镜头用文字记录画面，这样便于在创作时理解全片或部分段落的画面构思、场景安排，改起来也比画面分镜头更方便、快捷。所以，它与画面分镜头紧密配合，成为数字短片制作的重要参照手册。

数字短片剧本较影视剧本来说短小精悍，甚至很多数字短片都只有一两个简单的场景。所以，大部分数字短片的创作者不会构建完整的文学剧本，而是会在开展头脑风暴与创作剧本大纲的基础上，直接写出文本分镜头。

文本分镜头的写作格式无行业统一标准，不同的制作机构有不同的格式和表达方法。一般采用表格形式，表格内容包括镜号、景别、摄法、内容、音乐/音响、镜头时长、备注（图2-4）。

镜号	景别	摄法	内容	音乐/音响	镜头时长	备注
1						
2						
3						
4						

图2-4　文本分镜头写作格式

1. 镜号

镜号是指镜头的序号，一部数字短片的镜号应该是连续的，在文本分镜头中一般用阿拉伯数字表示镜号。

在数字化制作流程下，数字短片的镜号应有明确的字头，字头通常用26个英文字母来表示，如第三场的前3个镜头标注为"C01""C02""C03"。

如果在修改时增加了镜头，把后面已经排好的镜号再修改一遍比较麻烦，此时便可以采用为原有的镜号加后缀的方法，如第三场的第十二个镜头后面增加的3个镜头，可以将其标注为"C12a""C12b""C12c"。

2. 景别

根据视距的远近，景别通常划分为5种：远景、全景、中景、近景、特写。

远景中，角色或景物处于画面空间的远处，在画面中占很小的比例。远景多用于介绍角色与环境的关系，表现巨大的空间、宏伟壮观的景象等。

全景中，角色在画面中所占的比例较远景增大。它能展现角色的全身，主要用于介绍环境及其与角色的关系，表现气势，展示大幅度的动作。

中景涵盖角色从头至膝的部分，运用比较广泛，能使观众既看到环境并明确角色和环境的关系，又看到角色的动作，以及角色之间的交流。

近景涵盖角色从头部至腰的部分，主要用于介绍角色，展示角色面部表情的变化。观众能够看清角色的神态及其细微变化，近景有利于揭示角色的内心活动，以及角色对事、对人的情绪反应。

特写涵盖角色肩部以上的部分，是视距最近的景别，用以突出刻画角色，起到心理暗示的作用；另外，还可以调节影片的节奏，强调物件细节，交代关键性的动作。

除以上5种景别外，还可以把远景细分为小远景和大远景，把全景细分为小全景和大全景，把中景细分为小中景、大中景，把近景细分为小近景和大近景，把特写细分为小特写和大特写。这些细分景别都是从上述5种景别中演变出来的，便于接下来制作分镜头。

3. 摄法

摄法指镜头的角度和运动，镜头角度包括平视、仰视、俯视，镜头运动包括推、拉、摇、移、升降。在拍摄时不断地变换摄法，可以多视点、多角度、多层次地展示空间环境，刻画角色的性格和表达情感，使时间和空间在流动中达到和谐统一。

推镜头，在标注时简称为"推"，主要指镜头向前移动，逼近角色，由展示全貌逐渐过渡至展示局部和细节，使视线有前移的感觉。其特点是，观众可以在一个镜头中了解到整体和局部的关系，以及主体与背景、环境的关系。推镜头可增强画面的可视性和逼真性。

拉镜头，在标注时简称为"拉"。与推镜头相反，拉镜头主要是指由角色逐渐向后移动拍摄，由局部拉出整体，背景空间越来越大，从而使视线有后移的感觉。其特点是，视野范围逐渐扩展，背景范围越来越大，角色和景物越来越小。

摇镜头，在标注时简称为"摇"，是指在制作一个镜头的过程中，摄影机位置不变，只有机身进行上下、左右、旋转等运动，最大运动范围是360°。摇镜头可以连续不断地展现环境，丰富背景变化，扩大空间范围，跟随角色运动，从而能实现巡视环境、展示规模、揭示动态角色的精神面貌、烘托情绪与气氛等多种艺术效果。

移镜头，在标注时简称为"移"，分为横移镜头和跟移镜头。横移镜头为向左或向右横向移动，能使景物在画面中依次划过，达到巡视的视觉效果，还能强调速度和动感，营造出特定的情绪和气氛。跟移镜头为向前或向后纵向移动，能使处于运动中的角色或物体在画面中保持相对不变的位置，而背景及环境则处于变化中，这有利于展现角色在动态环境中的精神面貌和心理活动。

升降镜头，在标注时简称为"升降"，有垂直升降、弧形升降、斜向升降和不规则升降等形式，主要用于营造画面在垂直方向上的变化，是一种多视点、多角度表现场景的方法。

升降镜头可以把高低处的环境气氛和角色运动连续不断地展现出来，使背景及环境发生多视点的变化，从而表现环境气氛和事件的规模，使观众的视觉感受强烈；或表现处于上升和下降中的角色的主观视像。

4. 内容

内容主要包括角色的动作、语言等。

内容实际上是对文学剧本进行拆分，用叙述性的语言将角色动作（包括表情、手势等）分解，通过转场等连接手段使之和景物融为一体。

很多数字短片中的角色是没有对话的。对于纪录短片、数字广告等实拍内容丰富的剧本，可以把动作和对话分别列出来。除了常用的对话外，有时还运用独白和旁白来塑造角色性格，展示角色的内心世界。

独白是指用语言表述的角色在规定情景下产生的内心活动，是一种从内部来揭示角色性格的手段。

旁白往往以画外音的形式出现，带有很强烈的主观色彩。旁白者通常以创作者的身份出现，对情节进行叙述或评述，这称为"第三人称式"或"客观式"；或以剧中人的身份出现，这称为"第一人称式"或"主观式"。

5. 音乐/音响

音乐/音响作为听觉元素被纳入导演的艺术构思中，和视觉元素同等重要，两者既能互相结合，又具有独立表现自己的功能。

音乐是声音中较为抽象的，其戏剧性的作用表现为：调整画面节奏、渲染情绪和营造氛围。音响，无论是画面中的可见声源发出的，还是从画外空间传来的，只要构思巧妙、独特，处理贴切、得当，都可以产生强烈的感染力，发挥独特的作用。

音乐/音响是声音系统的组成部分，对于纪录短片剧本等内容丰富的剧本，也可以把两者分开，列为两项。对于需要特别强调的音乐、音响，应在剧本中做出明确标注，以确保后期创作人员能够予以落实。

6. 镜头时长

镜头时长是对镜头时间的大致预期估计，是控制画面和节奏的主要依据，也可作为后期绘制动态分镜头的参考。

数字短片的镜头时长一般是3.5秒；全景叙事镜头时长一般为5～8秒；每个段落开始的镜头一般用于介绍角色与场景的关系，所以时长不会很短，控制在3～7秒；过程镜头时长一般为2.5～4秒；特写镜头时长控制在2～4秒。动作节奏较快的数字短片的镜头时长控制在1.5～2.5秒，从这个规律可以计算出1分钟的数字短片一般大致有20～40个镜头，10分钟的数字短片由200～400个镜头组成。

7. 备注

备注，即针对数字短片的特殊性和多样性，在剧本中标注出的注意事项。

数字短片的创作形式多样，表达内容众多，如上个镜头可能是实拍的，下个镜头可能是结合特效或二维手段制作的，备注就可以用于反映出创作者的设想。

2.4.2 画面分镜头

画面分镜头是在文本分镜头的基础上进行绘制的，可以把文字转换为画面，确切体现出角色、背景、景别、朝向等全部画面要素及细节的安排。

画面分镜头绘制格式与工具如下。

传统的影视动画分镜头一般在分镜头纸上绘制，其比例规格一般是4∶3或16∶9。根据需求，画面分镜头的绘制可采取纵向和横向两种格式（图2-5）。

现在的数字短片的画面分镜头绘制也不拘泥于某种固定格式，特别是学院派作品都是无纸动画，一般借助计算机或数位板等辅助工具绘制，而且很多动画软件都包含分镜头的绘制功能，创作者可以根据使用习惯自行选择。如当下比较实用的UniStory平台，其可以支持用户规划分镜头，将分镜头整理成故事板，多维度地规划下一阶段的制作计划，还支持将分镜头导出为PDF格式文件。

画面分镜头绘制注意要点如下。

（1）体现创作者要表达的构思、意图、理念。

（2）转场运用需流畅自然。

（3）画面内容简洁易懂。因为绘制的是草稿，所以不需要进行过多的细节刻画。

（4）角色动态比较复杂或需要特别规定动作变化情形的，要画出关键动作。

（5）前后镜头连接顺畅，特别是在推、拉、摇、移、升降等镜头中，要标清起幅、落幅的范围和方向。起幅指运动镜头开始时的画面，落幅指运动镜头结束时的画面。

（6）对话和音效等标注明确。

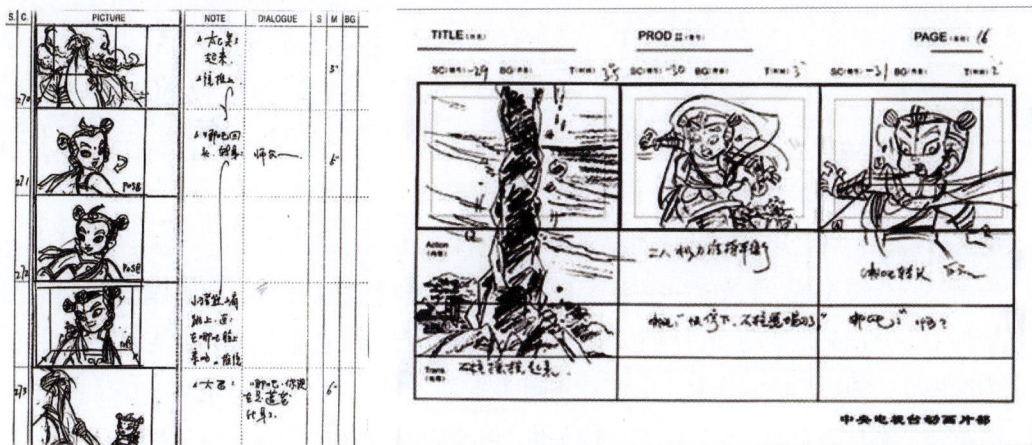

图2-5 《哪吒传奇》画面分镜头（纵向、横向）

2.4.3 色彩分镜头

色彩分镜头就是上色的分镜头。如果画面有特殊光源，要标清光照方向，并大致画出阴影，作为后期进行灯光渲染或者角色与场景的光影设计的参考。

色彩分镜头不是所有数字短片都需要绘制的，也没有固定的格式，因为大部分学院派作品的创作者既是编剧、导演，又是中、后期的制作者与输出者，所以只需要在画面分镜头的基础上做简单升级即可（图2-6）。

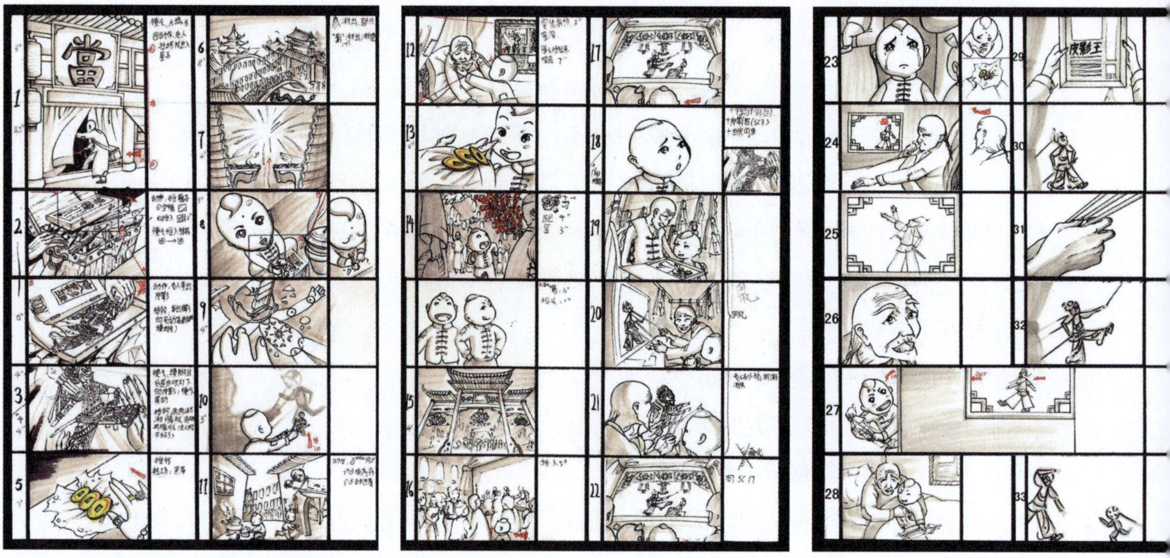

图2-6　原创短片《影》（作者　张嘉靖）

因为在文学剧本创作之外，比如角色与场景等的设定中，色彩、光影与构图的表达更为直接，所以在实拍镜头比较多的短视频或数字广告类短片中，导演一般用色彩分镜头作为后期进行灯光渲染的参考。

2.5 动态分镜头

动态分镜头，顾名思义，就是动起来的分镜稿。

绘制动态分镜头是动画电影生产流程的环节之一，也是整个剧本前期制作流程的核心环节。绘制动态分镜头是使动画由静到动的关键一步，绘制者需要把静态分镜头串联成序列，并渲染成视频，为后期的制作确定时间点和画面节奏。

随着数字短片类型的扩展，动态分镜头也不再是动画电影的专属，很多数字短片剧本，特别是交互游戏剧本，也通过引入动态分镜头来增强电影感。制作者会把几张分镜稿拼成一个动态的片段，确定每个镜头的时长，加上简单的字幕、配音和音乐，做成一个接近最终成片的小短片；如果时间足够，甚至可以加入简单的特效，从而为后面的制作团队提供参考。动态分镜头可以很直观地反映镜头的时长与节奏，为每一帧的细化和调整提供参考。

动态分镜头是视频化的分镜稿，其最大作用是确定每一帧的节奏和时间点。绘制动态分镜头是剧本前期制作流程的最后一个环节，是实现团队协调的关键。

2.6　课后习题

1. 参考本章的数字短片剧本写作格式，试着就下列词所描述的场景进行文学剧本写作练习。竹杖芒鞋轻胜马，谁怕？一蓑烟雨任平生。（苏轼《定风波·莫听穿林打叶声》）

2. 根据上面写出的文学剧本，进行分镜头脚本绘制练习。

3

CHAP
TER

第 3 章

纪录短片
剧本创作

学习要点及目标：

1. 了解纪录短片剧本的分类；

2. 掌握纪录短片剧本的写作元素；

3. 熟悉数字时代纪录短片剧本的写作策略。

核心概念：

结构与情节；时间与空间；悬念与冲突。

微课视频

在新媒体的土壤中，纪录短片应运而生，并蓬勃发展。纪录短片通过真实地记录和传播社会事件、个人故事和历史瞬间，以及探索和呈现人类生活中的问题，引发观众的共鸣和思考。

本章在介绍纪录短片剧本分类的基础上，归纳与探讨了纪录短片剧本的写作元素、写作策略，展示了纪录短片剧本的重要性和实用性。

3.1 剧本分类

美国学者比尔·尼科尔斯（Bill Nichols）将纪录片分为如下6种类型：诗意型、阐释型、观察型、参与型、反射型和表述型。纪录短片也大致沿袭了上述分类方法。在剧本创作过程中，了解并灵活运用各种类型的风格和特征，以及不同的叙事方式和表现手法，能为观众呈现出多样化的作品。

3.1.1 诗意型

20世纪20年代，诗意型纪录片（Poetic Documentary）应运而生，其中伊文思（约里斯·Joris Ivens）的《雨》（图3-1）被认为是典型代表之一。与传统纪录片不同，这种类型的纪录片并不注重叙事，不注重营造特定的时空背景，也不强调连贯剪辑。它专注于创造节奏感，通过并置不同空间的方式传递情绪和情调。诗意型纪录片通过多个视角向观众展示世界上的经验和影像，叙事方式通常是抽象而松散的，形式和内容可以非常自由。诗意型纪录片剧本的最终目标是创造一种感觉，而不是追求绝对的真相。

图3-1 《雨》

其他作品如《四个春天》（图3-2）和《轮回》（图3-3）都可以被归类为诗意型纪录片，它们更注重对形式的追求，更关注情感和节奏的呈现，而很少强调纪实性。诗意型纪录片剧本对形式的追求往往超过对内容和意义的叙述，对情感和节奏的重要性的强调胜过追求纯粹的事实呈现。

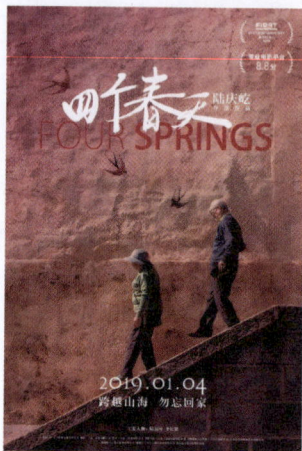

图3-2 《四个春天》　　图3-3《轮回》

3.1.2 阐释型

阐释型纪录片（Expository Documentary）是20世纪20年代出现的一种纪录片形式。在中国，20世纪90年代的"新纪录运动"之前的纪录片多数属于这种类型。阐释型纪录片以明确的宣传意图为特点，创作者主要依赖解说词的力量来说服观众接受自己的观点。其形式上的典型特征包括证据剪辑、全知视角等，相关作品有《奔腾年代：穿越过历史》（图3-4）、《你好，AI》（图3-5）等。

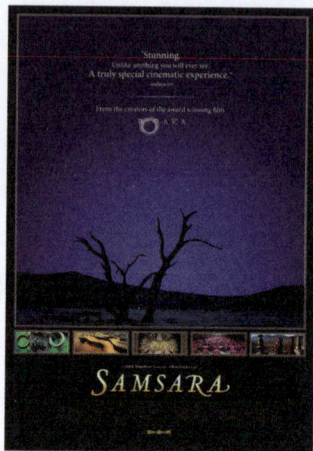

图3-4 《奔腾年代：穿越过　　图3-5 《你好，AI》
　　　历史》

阐释型纪录片剧本中的解说词，具有明显的说教意味。与此同时，画面的变换不一定具备时空上的连续性，而是为了更好地服务于解释、说明和引证解说词。

3.1.3 观察型

观察型纪录片（Observational Documentary）是一种在20世纪60年代出现的纪录片形式，导演放弃解说和扮演的元素，而将自己比喻为"墙壁上的苍蝇"，旨在以观察者的角度记录现实影像。

随着数字化影像制作水平的提升，这种类型的纪录片呈现多元化发展，例如周天一的《我的爷爷奶奶》（图3-6）和卡罗尔·戴辛格（Carol Dysinger）的《女孩的战地滑板课》（图3-7）。观察型纪录片擅长表现现实世界，但在处理历史题材时可能面临一些挑战。它隐匿了创作者的存在，追求绝对真实且未经干预的表达，排斥解说词的运用。通过运动长镜头、同步录音和连贯剪辑等技术手段，观察型纪录片试图对现实事件进行完整的复制，从而让观众亲身体验所记录事件的真实性。这种纪录片旨在让观众成为目击者，从而获得更真实的观影体验。

图3-6 《我的爷爷奶奶》　　图3-7 《女孩的战地滑板课》

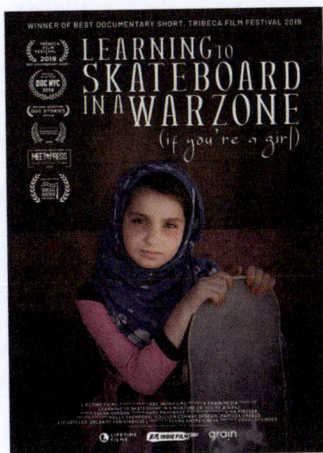

3.1.4 参与型

参与型纪录片（Participatory Documentary）在20世纪60年代出现，代表作品是让·鲁什（Jean Rouch）和埃德加·莫兰（Edgar Morin）的《夏日纪事》（图3-8）。这种纪录片不掩盖导演的存在，相反，刻意强调导演与拍摄对象之间的互动。

参与型纪录片将创作者纳入叙事过程中。这种参与可以是小范围的，例如创作者用自己的声音向拍摄对象提问或在摄影机后面给予提示；也可以是大范围的，例如创作者直接影响叙事活动的发展。因此，采访和口述是参与型纪录片的重要标志。这种纪录片致力于呈现创作者与被记录事件的互动，从而突出创作者在叙事过程中的角色与影响。记录着跨越中国几十年的纪录片《从〈中国〉到中国》（图3-9），以及关注获得性免疫缺陷综合征感染者的女性题材纪录片《宠儿》都属于此种类型。

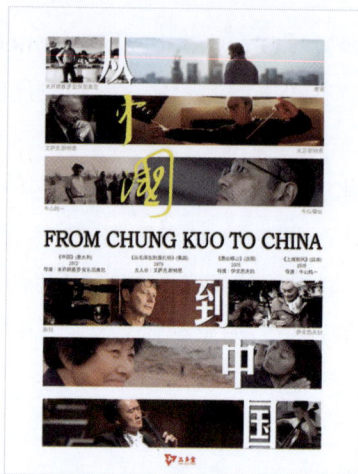

<table>
<tr><td>图3-8 《夏日纪事》</td><td>图3-9 《从〈中国〉到中国》</td></tr>
</table>

3.1.5 反射型

反射型纪录片（Reflexive Documentary）首次出现于20世纪80年代，其代表作品是《姓越名南》（图3-10）。这种类型的纪录片注重对现实世界的表达，不仅呈现社会历史，还表达导演对纪录片创作本身的思考，因此通常更为抽象和难以理解。这种类型的纪录片对于中国的纪录片创作者和观众来说，相对陌生。

2017年姬蒂·格林（Kitty Green）创作的《童心无归处》（图3-11）是一部用自我反射式的方法创作的纪录片，创作者作为被拍摄对象的一部分进行介入，并以坦然的态度交代创作过程，进行自我暴露。

与参与型纪录片类似，反射型纪录片将创作者纳入叙事过程。然而，不同于参与型纪录片，大多数反射型纪录片的创作者并不试图探索外部主题，而关注自身和创作过程。反射型纪录片质疑现实主义表现手法、媒介机构或影片本身的解释能力，促使观众重新审视纪录片的媒介属性和构成方式，进而实现更高层次的理解。这种纪录片通过自我反思和批判思考，呈现一种对创作实践的哲学性探索，为观众提供了思考影像媒介和现实之间关系的机会。

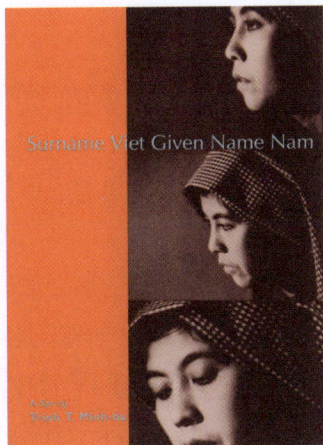

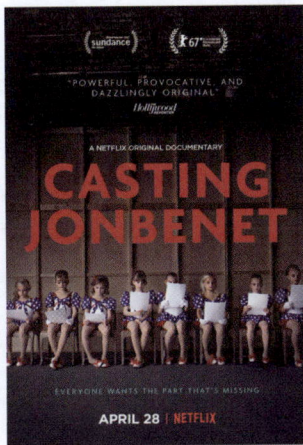

图3-10 《姓越名南》　　　　图3-11 《童心无归处》

3.1.6 表述型

表述型纪录片（Performative Documentary）采用主观放大的方式呈现真实事件，背离现实主义的风格，强调创作者的主观表述。这种类型的纪录片常常与先锋（Avant-garde）电影相近。

表述型纪录片具有实验性风格，强调主体的体验，同时与世界分享主体的情感反应，经常将个人叙述与更大的政治或历史问题联系起来，因此这种风格有时被称为"迈克尔·莫尔风格"，因为迈克尔·莫尔（Michael Moore）经常通过自己的故事来阐述社会真相（尽管对于他的经历是否正确存在争议）。

表述型纪录片的创作者相信主观体验是人们理解世界的可靠途径，其剧本多运用主观镜头、印象式蒙太奇、戏剧化灯光和煽情音效等表现主义元素，具有强烈的个人化色彩和艺术性倾向，并通过影像化的手法来进行情感和审美表达。

了解不同类型的纪录片的剧本特点，能够开拓创作者的创作思路，为观众带去多样化的视角和体验。

随着数字时代互联网和移动终端的迅猛发展，除了深入了解实拍经典纪录片，借鉴各大平台同类型的纪录短片也是一种重要的调研手段。创作者需要选择主题相近的优秀作品进行深入分析，关注故事结构、人物刻画、视觉呈现等方面的创作技巧，寻找能够激发灵感的元素和创意。同时，从策划、拍摄、制作到发行、放映等阶段的数字化转变，也在一定程度上改变了纪录片的呈现形式，创作者在进行创作时也要注意保持个性并进行创新，将借鉴的数字制作手段与自己的剧作元素融合，撰写出独特而引人注目的纪录短片剧本。

3.2 写作元素

剧本的写作元素是构建情感丰富的故事世界的基石。写作元素的巧妙组合与运用，不仅决定了剧本的张力与深度，也直接影响了观众的情感共鸣与思考。本节将深入探讨纪录短片剧本写作的核心元素，包括选题与立意、结构与情节、人物与语言、时间与空间、悬念与冲突。

选题与立意是纪录短片剧本创作的出发点，一个引人入胜的选题能够吸引观众的注意力，而一个深刻的立意则能赋予纪录短片更为丰富的内涵。结构与情节是纪录短片剧本的骨架，承载着故事的逻辑，支撑着故事的发展，再通过恰到好处的起承转合，剧情能够流畅有序地展开，从而引导观众逐步融入画面情境。人物与语言则是纪录短片剧本的灵魂，塑造着独具魅力的角色形象，可进行令人难以忘怀的情感表达。时间与空间的巧妙运用，则赋予了故事深度和层次感，将观众带入一个立体而丰富的虚拟世界。而悬念与冲突的构建，则是观众被吸引、能投入的关键所在，通过引发观众的好奇心理和情感共鸣，纪录短片能更加富有生命力。

接下来将逐一探讨这些元素的具体应用方法，并借助实践案例，让创作者更好地理解和掌握纪录短片剧本创作的精髓。

3.2.1 选题与立意：关注主流文化，注重实地调研

在探索选题时，创作者应该关注社会热点，以诉说人文关怀及呈现独特影像。探索选题与立意是开启创意之门的第一步，而资料采集与实地调研则为纪录短片的深度与真实性奠定了坚实的基础。其中，拍摄对象调查为纪录短片剧本创作提供了珍贵的素材和情感基础，让故事更加真实。在进行拍摄对象调查时，需要注意以下要点和细节。

首先，明确调查目标，确保调查重点与剧本主题紧密相关。

其次，与拍摄对象建立良好的信任关系，尊重其基本的隐私及相关权益，建立开放的交流渠道。

再次，探寻人物的情感起源与转折变化，为剧本赋予深度，引发观众的情感共鸣。

最后，从多角度进行实地访谈、观察和互动，深入了解拍摄对象的生活、情感和故事。

《八月桂花遍地开》打造了一堂纪录片式的"价值教育课"，弘扬了红色文化与民族精神，下面分析该片的选题与立意。

剧本选题：确定主题，以寻访式为主要剧作手法，讲述历史事件中鲜为人知的细节，以及革命军人的英勇无畏和他们对党的坚定信念与忠诚情怀。

实地调研：采用田野调查法。

首先，通过亲身走访、观察和交流来获取丰富而真实的素材。这种调查法让创作者亲历

生活，并产生切身体会，为剧本创作提供直观、后续的支持。

其次，通过现场细致观察，捕捉平时可能被忽略的细节，挖掘情感内核，构思丰富画面。

最后，在田野调查过程中，记录好重要素材，包括文字、音频、照片、视频等，这些素材将成为后续剧本创作的有力支持。

剧本立意： 旨在向观众传达具有中国特色的先进文化，全景式展现鄂豫皖革命根据地的红色文化。因为红色文化是当今文化建设的重要组成部分，是当代具有中国特色的先进文化之一。

剧本概况： 采用线性叙事结构，从历史事件的背景开始，逐步揭示细枝末节，最终呈现革命军人的英勇事迹。

《八月桂花遍地开》分镜头（节选）如表3-1所示。

表3-1　　　　　　　　　　　**《八月桂花遍地开》分镜头（节选）**

镜号	画面	景别	时长/秒	内容	声音	场景预期
1		远景	4	山水风光，宁静而美丽。 字幕：1931年1月	同期声 旁白	外景
2		全景	3	水面风光，水面宽广而平静。 字幕：红25军第73师在麻埠建立缝纫兵工厂	后期声 旁白	外景
3		中景	10	林氏宗祠正门，历史悠久而庄严。 字幕：林月琴带领10多名青年男女报名参加革命工作，12月任红四方面军后勤供给部妇女工厂厂长	后期声 旁白	林氏宗祠
4			29	画面轮放林月琴的一些老照片，展现她的革命生涯。 字幕：林月琴的漫漫革命生涯，始终紧紧地与党和人民军队的发展壮大联系在一起，火红的战旗映衬着她璀璨的一生；1961年林月琴被授予大校军衔，2003年11月，林月琴在北京病逝，走完了她极富传奇的一生	后期声 旁白	
5		远景	4	水坝风景如画，宁静而壮丽。 字幕：遵照林月琴的遗愿	后期声 旁白	外景

续表

镜号	画面	景别	时长/秒	内容	声音	场景预期
6		近景	4	亲属撒骨灰的场面，充满了深情和哀思。 字幕：子女将她的部分骨灰带回家乡金寨县，撒入梅山水库	后期声 旁白	
7		远景	4	大别山的风景，宏伟而壮丽。 字幕：大别山的女儿，魂归故里	后期声 旁白	外景
8		特写	5	河水流淌	同期声	外景
9		全景	2	轮船在湖面上行驶，湖泊宁静而广阔。 字幕：在这个地方到处都有故事	同期声	外景
10		近景	4	字幕：你提到的每一个历史人物，都有生动的故事，感人的故事	同期声	外景
11		远景	2	字幕：八月桂花遍地开	同期声	外景
12		近景	4	字幕：鲜红的旗帜竖呀竖起来	同期声	外景
13		远景	2	湖面风景	同期声	外景
14		特写	11	播放老照片。 字幕：这是1968年3月，我国开国少将卜万科送儿子卜新民去参军时的父子合影；卜万科，安徽省金寨县洪冲乡人	后期声 旁白	

续表

镜号	画面	景别	时长/秒	内容	声音	场景预期
15		近景	7	旧照片、旧军帽、旧军衣，富有历史感。 字幕：1930年参加红军，一生九次负伤	后期声 旁白	
16		近景	3	卜新民讲述着家族的英勇历史。 卜新民：我爷爷，我奶奶，我听我爸说	同期声	房间
17		特写	3	卜新民：都是被国民党捆在树上用刀砍的	同期声	房间
18		近景	4	吕祥峰走到花园万人墓前，肃穆而庄严。 吕祥峰：杀了百姓不计其数	同期声	外景
19		特写	4	吕祥峰：南溪花园村的一个点，就是著名的花园万人墓	同期声	外景
20		特写	3	花园万人墓墓碑正面		外景

　　在纪录短片剧本创作的选题与立意阶段，田野调查法作为一种重要的调研手段，能够为创作者提供丰富的素材，使纪录短片更加真实、感人。在以上案例中，创作者通过精心的剧本写作和实际访谈，成功地传达了历史情感和深刻内涵，为观众呈现了一部感人至深的纪录片。

　　总之，在深思熟虑、尊重隐私，并注重细节捕捉的基础上，拍摄对象调查将为剧本创作奠定坚实的基础，使纪录短片更具深度、感染力和吸引力。观众对该片的积极反响，以及对历史的更深层次理解，体现了剧本创作团队的成功，展现了纪录片的现实主义魅力——提升观众的精神境界。

3.2.2 结构与情节：创作精彩画面，巧妙构思布局

　　合理精巧的结构与情节能够引导观众沉浸于纪录短片的世界，让观众体验到情感起伏。通过引入情节线索、挑战或谜题，创作者能够迅速引起观众对故事的好奇心，激发观众观看

的兴趣和持续观看的欲望。

首先，适当的情节安排有助于传递纪录短片的关键信息，让观众逐步了解故事发生背景、人物关系、人物行为动机等重要因素，从而更好地理解纪录短片的内涵。

其次，情节的逻辑性和连贯性也至关重要。情节之间的过渡流畅自然，可以避免剧本产生断裂感。

再次，设置高潮和低谷，可以引发观众的紧张感和共鸣，让纪录短片更具有戏剧性和感染力。在纪录短片有限的时间内，结构不一定能确保完整，只要情节发展合理，也可以让观众沉浸在画面中，跟随故事发展而心潮起伏。

最后，创作者还可以巧妙地设置反转和悬念，让观众产生意想不到的情感体验，引起观众的好奇心，增强观众的参与性。

下面以获得第94届奥斯卡金像奖最佳纪录短片的《篮球女王》的开端为例，其开头分镜头（节选）见表3-2。

表3-2 　　　　　　　　　　　《篮球女王》分镜头（节选）

镜号	画面	景别	时长/秒	内容	声音	场景预期
1		远景	4	电视屏幕上播放着露西在比赛中的精彩片段。露西：嗯，我知道关于露西的事	同期声	
2		特写	1	露西看向右前方，回忆着自己的过去	同期声	房间
3		远景	10	电视屏幕上播放着露西在比赛中的精彩片段。露西：出生在密西西比州南部的一个小镇，那是在1995年，成为一名伟大的女篮球运动员	同期声	
4		特写	3	露西满脸洋溢着笑容。露西：一度是最棒的，在美国	同期声	房间
5		特写	5	电视屏幕上播放着当时的报纸。露西：确切地说，新奥尔良爵士队召唤了露西	同期声	

镜号	画面	景别	时长/秒	内容	声音	场景预期
6		大特写	2	露西：我不知道还能对她说些什么	同期声	房间
7		特写	5	露西：她现在退役了，并且过着幸福的生活。 画外音：你怎么知道的？	同期声	房间
8		大特写	2	露西：因为我就是露西。 露西满脸自豪地笑着	同期声	房间

《篮球女王》在开端就进行了精妙构建和巧妙布局。该片以录制室的场景为开端，将观众的注意力聚焦在主角露西的面部，她洋溢着自豪的笑容。随后，露西迅速介绍了自己的背景，包括出生地和时间。该片回顾了露西曾经辉煌的篮球生涯，通过特写镜头和比赛片段的展示，强调了露西的成就。在高潮处，该片揭示了一个重要的情节：露西是第一个战胜新奥尔良爵士队的女性，这增加了该片的戏剧性。通过露西的表情和口吻，该片传达了她对自己篮球生涯的自豪感和对这段经历的情感回忆。然后，画外音出现，制造了一个反转，引起了观众的好奇心。最后，露西以满脸自豪的笑容揭示了她的真实身份，回答了画外音的问题。这种构建方式使观众在短时间内体验到情感起伏，同时也使主题和角色塑造更有深度。

3.2.3　人物与语言：塑造鲜活角色，实现以语传情

人物与语言对于塑造镜头世界和传达情感起着关键作用，通过巧妙刻画角色的性格特点，以及恰到好处的语言表达，创作者能够塑造出真实的剧本角色与故事情境。人物与语言之间的相互作用具备多重功效，创作者在人物与语言的刻画过程中需注意以下几点。

首先，确保每个角色都具备独特的语言风格和表达方式，并与其性格、背景和目标相契合，这能为每个角色赋予独特的个性和特征，使观众立即辨识出他们的身份和特质。

其次，人物对话应流畅自然，避免过于生硬，从而推动故事的发展，增添故事的吸引力。

再次，精准的语言表达能准确传达角色的情感变化和内心体验。

最后，创作者还可以灵活运用隐喻和象征，通过含蓄的语言来丰富角色的内涵，使其更具深度和复杂性。

通过精心雕琢人物与语言，创作者能够为纪录短片中的角色塑造生动的个性，引发观众共鸣并推动故事的发展。创作者巧妙地应用以上要点，能够呈现生动立体的角色形象，引导观众深入探索故事情节，与观众共同探讨角色的成长。获第95届奥斯卡金像奖最佳纪录短片的《小象守护者》中的语言就不断流露着鲍曼和贝莉对于小象拉古的情感，其分镜头（节选）见表3-3。

表3-3 《小象守护者》分镜头（节选）

镜号	画面	景别	时长/秒	内容	声音	场景预期
1		中景	17	象棚的门被缓缓打开，鲍曼正在呼唤小象拉古。 鲍曼：亲爱的，你睡着了吗，孩子？你好吗？过来这里，再过来些，过来，亲爱的	同期声	象棚
2		特写	3	小象拉古注视着左方。 鲍曼：我的宝贝	同期声	象棚
3		近景	2	鲍曼轻抚着小象拉古。 鲍曼：拉古！我的宝贝	同期声	象棚
4		中景	3	鲍曼倚靠着拉古，天上下起了雨	同期声	外景
5		特写	2	拉古也感觉到了正在下雨	同期声	外景
6		近景	2	拉古站在一边，鲍曼撑着雨伞看着天空	同期声	外景
7		远景	17	鲍曼带着拉古走在回家的路上。 鲍曼：下雨了，会有草长出来给你吃，拉古会有很多草吃。来吧，拉古，过来到伞下面来	同期声	外景

续表

镜号	画面	景别	时长/秒	内容	声音	场景预期
8		远景	3	鲍曼骑在拉古的身上，和拉古一起回家	同期声	外景
9		远景	3	贝莉提着一盏油灯从丛林之中走来	同期声	外景
10		中景	5	贝莉继续走着。 贝莉：以前我害怕丛林，现在我不怕了	后期声	外景
11		全景	5	贝莉和拉古玩水的画面	同期声	外景
12		全景	7	贝莉在丛林中走着。 贝莉：我失去过很多，有过很多伤痛，但现在我找到了应对的方法，我找到了信心	后期声	外景
13		远景	3	贝莉带着一头大象由远及近	同期声	外景
14		全景	2	贝莉依然在丛林中走着	同期声	外景
15		特写	6	贝莉继续向前走着。 贝莉：我养大了两头小象宝宝	后期声	外景
16		特写	4	油灯散发着光芒	同期声	外景
17		中景	8	贝莉走在丛林之中，只留下背影。 贝莉：现在所有人都知道我是大象妈妈，这让我非常骄傲	后期声	外景

　　在以上分镜头片段中，鲍曼的亲切呼唤和他对小象拉古的爱抚，展现了人与动物之间的深厚感情。鲍曼的语言充满了关怀和温暖，例如他对拉古的亲昵称呼流露出他对拉古的关切之情。这种语言将鲍曼塑造成一个充满爱心和耐心的角色，他与拉古之间的情感联系也因此显得更为真切。

　　在鲍曼带着拉古吃草的场景中，他的语言中充满了对拉古的关心和对大自然的赞美，这反映出他是一个与大自然和动物和谐相处的人。他的话语体现了他对照顾拉古的责任感，同时也表现出他与拉古之间特殊的友情。

　　在贝莉的部分，剧本展现了她对丛林的态度的改变，她的语言展现了她的内心成长和自我发现。贝莉的语言透露出她曾经感受到的恐惧和痛苦，以及如今她已克服困难并树立了信心。她的语言强调了她是一个坚强的女性，同时也表达了她对大象和大自然的深刻情感。

　　《小象守护者》通过精细的语言，成功地塑造了鲍曼和贝莉这两个鲜活的角色，并通过语言传达了他们与动物和大自然之间深厚的情感联系。这让观众更容易与角色产生共鸣，并深刻认同人与自然应和谐相处。

3.2.4 时间与空间：编织故事脉络，营造戏剧氛围

　　恰当的时间与空间设定是构建故事脉络和营造戏剧氛围的关键要素。精心选择的时间和场景在剧本中发挥着多重作用：首先，有利于实现情感交融，使观众更容易对故事中的角色和情节产生共鸣；其次，变化的时间与空间能推动情节的发展，赋予故事层次感，增加戏剧张力。

　　创作中应注意几个关键要点。

　　首先，时间的设定应与故事主题和情感氛围相呼应，这有助于突出主题，强调情节。

　　其次，在跨越不同时间段时，要确保画面过渡自然流畅，以避免令观众感到困惑。

　　再次，场景选择应与情节相匹配，创作者需考虑一些具体细节，如氛围、布景等，以确保场景与角色行为相符。

　　最后，场景切换应在情节转折或需要强调情感时进行，同时应确保观众能够轻松理解情境变化。

　　镜头的交替使用可以很有效地展现时间与空间，纪录片《北极熊上街》就通过对镜头的交替使用，将故事脉络充分展现在观众眼前，其分镜头（节选）见表3-4。

表3-4　　　　　　　　　　　《北极熊上街》分镜头（节选）

镜号	画面	景别	时长/秒	内容	声音	场景预期
1		远景	5	北极熊从一堆油桶之中探出头	同期声	外景

续表

镜号	画面	景别	时长/秒	内容	声音	场景预期
2		远景	7	北极熊爬上一堵围墙向内张望	同期声	外景
3		远景	10	北极熊走向人类居住的地方，前方有一个写着"STOP"的标志牌，墙上有北极熊出没的标志	同期声	外景
4		远景	3	北极熊从建筑外向内张望	同期声	外景
5		特写	2	一只狐狸正在垃圾堆中翻找	同期声	外景
6		中景	3	堆积如山的垃圾	同期声	外景
7		中景	4	房梁上的乌鸦四处张望	同期声	外景
8		中景	4	乌鸦从窗户飞向室外	同期声	外景
9		远景	7	北极熊以站姿向上方张望	同期声	外景
10		中景	3	雪地上的狐狸注视着什么	同期声	外景
11		特写	2	雪屑飘过路面	同期声	外景

续表

镜号	画面	景别	时长/秒	内容	声音	场景预期
12		中景	11	汽车鸣笛并追赶北极熊	同期声	外景
13		远景	2	北极熊跑向雪地	同期声	外景
14		全景	2	汽车里的人举起信号枪，向天空开枪	同期声	外景
15		全景	3	北极熊听到枪声后受到惊吓，匆忙跑开	同期声	外景
16		中景	3	北极熊慢慢走着，忽然停下回头看	同期声	外景
17		全景	4	汽车在山坡上停着	同期声	外景
18		远景	2	直升机正在飞来	同期声	外景
19		中景	2	北极熊开始狂奔	同期声	外景

　　《北极熊上街》巧妙地通过对时间和空间的编排，构建了充满戏剧性的故事脉络，营造了紧张的氛围。该片讲述了在冬季的人类街区中出现了一只北极熊的故事，路边的标志牌和墙上的标志都表明它误入了人类街区。垃圾堆中的狐狸、房梁上的乌鸦，以及雪地上的狐狸都为故事增色不少，而汽车的鸣笛声、枪声和直升机的出现则引发了冲突。这些巧妙的时间和空间编排使观众深刻感受到了动物与人类之间的互动以及人类在环境保护方面面临的挑战，为故事营造了戏剧性的氛围。

3.2.5 悬念与冲突：唤起好奇心理，推动故事发展

悬念能够激发观众的好奇心，使观众对故事的发展产生渴望；而冲突则成为故事发展的引擎，能增加故事的紧张感与张力，使观众更深度地参与故事发展。

悬念的设置在纪录短片剧本创作中起着重要作用。通过适度保留的信息、巧妙的暗示或引人猜测的对话，创作者能够引导观众产生好奇心，从而持续吸引他们的注意力。

冲突的升级则是推动情节发展的关键。逐步增多的困难和挑战能推动情节向着更高潮发展，让画面更具紧张感。同时，多重冲突的存在也能够为故事增色不少。纪录短片剧本不仅可以存在主要冲突，如角色与外部环境的对抗，还可以表现角色的内心挣扎和情感碰撞，多元的冲突设置可以为剧本赋予更多层次和更深刻内涵。

获得第95届奥斯卡金像奖最佳纪录短片提名的《上岸》，正是通过对悬念与冲突的巧妙安排，成功地唤起了观众的好奇心，推动了故事的发展。一开始，观众看到主人公马克西姆在小屋中，然后他走出去观察海象。这种逐步揭示主人公行为及目的的方式产生了悬念，让观众渐渐明白了马克西姆所面临的状况。

冲突部分则体现在海象大规模上岸及气候变化对海象的影响上。马克西姆记录的海象数量不断增加，但它们却越来越虚弱和疲惫，不得不在陆地上聚集，这导致踩踏事件发生和伤亡数量增加。这种冲突使得故事更具戏剧性，引发了观众的关注和担忧。

剧本的结尾也有悬念，马克西姆离开小屋，走向远方，这让观众对他的去向和未来充满好奇，也让观众思考海象以后何去何从。剧本通过对悬念与冲突的巧妙编排，成功地吸引了观众的注意力，使他们更加投入地关注故事的发展和海象的命运。

3.3 写作策略

时代在不断进步，纪录片的创作方法和体裁也在随之变革——更短的时长、更紧凑的叙事风格、更多元的视听表达。在数字时代，纪录短片作为一种重要的影像媒体形式，正以其独特的表达方式和深远的社会影响力，在现代社会中扮演着重要角色。纪录短片剧本在作品时长性、内容精练度与技术结合点等方面都有独到之处，本节将对这些方面进行详细探讨。

相较于传统纪录片，纪录短片更注重抓住观众的心，从而在短时间内触动他们的情感和促使他们进行思考，这就要求在剧本中运用精练的语言和集中表达情感。纪录短片剧本需要在极短的时间内呈现多维的内容，因此，创作者需要更加注重主题的选择和信息的筛选，精心设计画面和对白。在数字时代，创作者可以借助技术的力量突破传统艺术表达的壁垒，融合各种数字技术和创意手法，从而增强纪录短片的艺术表达力，使纪录短片更具吸引力和影响力。

3.3.1 用微小的笔触展现宏大的力量

纪录短片剧本的每一字、每一句都至关重要，创作者必须用最简洁的语言表达最重要的观点和情感。这就要求创作者精选语言，聚焦主题，避免进行不必要的描述，以精确而深刻的方式呈现画面。

如上文提到的环境保护主题的纪录短片《上岸》，在短短二十几分钟内，创作者传达出环境污染对生态系统和人类社会的破坏性影响，该剧本中使用直接而有力的语言，用明确的事实和强烈的情感让观众深刻理解问题的严重性。全片台词仅有十几句，但使用大量的镜头表现主角马克西姆的行为举止和海象的聚集现象，从而引起观众的好奇心，最终在故事结尾以字幕的形式解释了该现象产生的原因，其分镜头（节选）见表3-5。

表3-5 《上岸》分镜头（节选）

镜号	景别	摄法	内容	声音	时长/秒	场景预期
1	中景	跟	画面一片黑暗，马克西姆打开头灯走向门口	同期声	13	小木屋
2	近景	跟	推开门，马克西姆戴着头灯走出房间。他来到另一个房间前打开房门，眼前满是海象。他关上房门后，一片漆黑	同期声	9	小木屋
3	近景	跟	马克西姆向门栏走去查看海象的情况，海象不断叫着。马克西姆不断观察着海象，随后马克西姆向右走出画面	同期声	10	小木屋
4	特写	摇	马克西姆爬上梯子	同期声	7	小木屋
5	近景	摇	马克西姆小心翼翼地在破旧的小木屋的屋顶上移动	同期声	5	小木屋
6	近景	固定	马克西姆在屋顶上用望远镜观察海象	同期声	30	小木屋
7	全景	摇	整片海岸上都是海象	同期声	13	小岛
8	近景	固定	马克西姆拿起录音笔	2020年10月15日，小屋被包围了	22	小岛
9	全景	固定	小岛俯视图，海岸上密密麻麻的，全是海象	海象上岸高峰期，海岸上挤满了海象，大约有95000头海象，还有6000头在水里。海上的冰全化了	28	小岛
10	近景	固定	马克西姆在小木屋内吃着罐头和面包，外面时不时传来海象的叫声	同期声	50	小木屋

续表

镜号	景别	摄法	内容	声音	时长/秒	场景预期
11	近景	固定	海象正在不断移动	同期声	17	小木屋
12	特写	固定	马克西姆查看海象的情况	同期声	17	小木屋
13	近景	固定	马克西姆在点着一根蜡烛的桌上写着笔记，旁边播放着自己的录音	经过45天的观察，海象变得虚弱和疲惫不堪。它们在开放水域迁徙，但却找不到可以休息的浮冰。每天都会发生几次恐慌和踩踏事件，很多海象受伤了	41	小木屋
14	近景	固定	马克西姆正在为火炉加煤	同期声	9	小木屋
15	特写	固定	马克西姆望着火炉	同期声	6	小木屋
16	特写	固定	火炉被盖上，一片黑暗之中只留有一线火光	同期声	4	小木屋
17	近景	跟	马克西姆走出小木屋，四处张望	同期声	24	小岛
18	中景	固定	一头死亡的海象躺在海岸上	同期声	9	小岛
19	远景	固定	马克西姆走在海岸上，旁边都是海象的尸体	同期声	15	小岛
20	全景	固定	马克西姆继续走着，海象的尸体越来越多	同期声	14	小岛
21	特写	固定	马克西姆用望远镜看向天空	同期声	17	小岛
22	远景	固定	飞禽成群飞过	同期声	20	小岛
23	近景	固定	寒风吹动了门口的木皮	同期声	9	小岛
24	远景	固定	小木屋伫立在寒风之中	同期声	5	小岛
25	中景	固定	海浪拍击着一头海象的尸体	同期声	6	小岛
26	远景	固定	马克西姆走出小木屋	同期声	17	小岛
27	近景	跟	马克西姆用木板将小木屋的门封住	同期声	18	小岛
28	远景	固定	马克西姆背上背包走出画面	同期声	12	小岛
29	全景	固定	马克西姆独自在海岸边渐行渐远。字幕：马克西姆是名海洋生物学家，他致力于研究过去几十年每年秋天都会发生的海象大上岸现象。他估算最多一次有超过10万头海象上岸，这种大规模的聚集是气候变化导致的，海象在迁徙和觅食时极其依赖于海上的浮冰，但海洋变暖使得越来越多的海象生活在陆地上，这增大了它们发生踩踏的风险。2020年，马克西姆记录了接近600头海象的死亡，这是他开始记录以来最多的一次	同期声	40	小岛

纪录短片《上岸》通过简单的无旁白解说和字幕，可以在短时间内引发观众的共鸣和反思。同时，该片巧妙地嵌入情感元素，帮助观众更深刻地理解主题，并通过叙述科学家的个人故事、亲身经历的方式来记录现实；推门后被约95000头海象包围的奇观则使该片超脱于普通自然纪录片。该片将狭小局促的屋内与震撼广袤的屋外进行对比，从而表现人的渺小与自然的宏大。

3.3.2 在短小的时长内输出丰富的观点

在数字时代，纪录短片创作者应如何在有限的时间内将观点输出？可以通过清晰的叙事结构、生动的画面、有力的微观呈现以及真实的情感共鸣来输出。

近年来，国际上各大电影节、纪录片节都设置了"优秀纪录短片"这一奖项，一部优秀的纪录短片应始终围绕着核心主题展开，避免使观众分散注意力。在时长有限的情况下，剧本中不宜包含过多的次要信息，而应精选关键信息来突出主题。这要求创作者在剧本写作过程中进行深刻的主题分析和写作策划，明确地传达观点。获2022年洛迦诺国际电影节银豹奖、2023年克莱蒙费朗国际短片电影节Adobe特效奖、2023年第六届西湖国际纪录片大会（International Documentary Festival，IDF）"IDF优秀纪录短片"，荷兰导演道维·戴克斯塔（Douwe Dijkstra）的作品*Neighbour Abdi*（《邻居阿布迪》），便从观众的立场讲述了主人公饱受战争和移民带来的创伤。该片在极短的时长内输出了丰富的观点，用非常有创意的形式讨论了索马里难民和移民问题。

3.3.3 用先进的技术突破传统的表达

在数字时代，技术的迅速发展为纪录短片的创作者提供了前所未有的创作契机，各类技术不断成熟，可以让观众沉浸式地体验纪录短片中所呈现的情境。通过纪录短片，观众可以跨越时空，与剧中角色亲密互动，感受深刻的影像艺术魅力。

VR纪录短片，能构建出令观众刻骨铭心的场景与情节。由R.斯基拉奇（R.Schillaci）导演的2023年第六届西湖国际纪录片大会"西湖荣誉"评优单元入围纪录片《浮出水面》（图3-12），便透过孩子的视角，并借助VR技术与动画相结合的方式，带领观众踏上神奇的探险之旅。虽然取景于监狱这样的特殊环境，但360°的影像展现方式，给观众犹如英雄旅程的感受。

结合互动元素，观众可以有更强的参与感，比如选择不同的情节发展路径，或与画面进行互动，从而获得更沉浸的体验。互动性短片可以增强观众的参与感，让观众成为故事的一部分，从而让观众更好地理解和体验纪录短片的艺术表达魅力。交互式纪录片《最后的一代》（图3-13）通过网页或媒体终端发布，并应用了互动元素，如创作者设置了不同角度的故事线索，观众不再只是接受信息的对象，更是能够参与故事发展的主体。纪录短片剧本创作也不再是单一的叙事，而是一场与观众之间的互动体验。

图3-12 《浮出水面》

图3-13 《最后的一代》

《最后的一代》分镜头（节选）如表3-6所示。

表3-6　　　　　　　　　　　　《最后的一代》分镜头（节选）

镜号	画面	景别	时长/秒	内容	声音	场景预期
1		全景		字幕：在一个即将消失的地方长大是什么感觉？	同期声	海洋
2		全景		标题显现：THE LAST GENERATION	同期声	海洋

续表

镜号	画面	景别	时长/秒	内容	声音	场景预期
3		全景		一帮人不断从船上跳到海里。 字幕：海平面上升威胁着太平洋中部的马绍尔群岛，这是一个地势低洼的岛国，曾经罕见的洪水现在已经变得很常见	同期声	海洋
4		全景		海浪汹涌	同期声	海岸
5		近景	12	男孩诉说着对于海浪的印象。 Izerman：我坐在海堤上，没料到海浪来了，它把我推开了。我认为它不是海浪，我觉得它像是怪兽	同期声	室内
6		远景		字幕：马绍尔群岛住着超过5000人，他们之中有一半在18岁以下	同期声	海滩
7		近景	14	朱莉娅：我奶奶让我去教堂，所以我跑到这里坐着。看着每个人大喊大叫，看着宝宝哭泣，这感觉并不好	同期声	室内
8		全景		字幕：这个国家在人们的一生中可能会变得不可居住	同期声	海滩
9		全景	4	威尔默：我妈妈在午夜时把我叫醒	同期声	外景
10		中景	3	威尔默坐在墙边对着镜头诉说。 威尔默：当我醒来的时候，我看到很多水，水没到了我的膝盖	同期声	室内
11		全景	7	浪潮不断冲上海岸。 威尔默：人们都在快速地撤离，我不害怕，但我被震惊了。那时，我开始问自己	同期声	外景

续表

镜号	画面	景别	时长/秒	内容	声音	场景预期
12		中景	13	威尔默：这灾难的发生是因为我们是坏人吗？是因为人们的活动吗？是我们让它发生的吗？还是说它发生是因为经常发生吗？	同期声	室内
13		全景		字幕：这是一个危在旦夕的国家的故事	同期声	外景

以上案例表明，纪录短片有了较多新的形式，创作者可以运用视频、文本、插图、数据可视化（图3-14）和声音，让用户用自己的节奏观看影片，并参与到对他们有意义的片段之中。这种多元化的表现形式使得纪录短片更具艺术性和观赏性，同时也让观众获得更全面的体验。

《最后的一代》最大的可取性在于它所提供的3个视点，通过小孩呼吁人们同大自然和平相处、减少二氧化碳的排放量和承担更多有关应对全球变暖问题的责任。同时，此片采用超链接的方式对主线故事中的一些细节进行延伸，如3个叙事者的个人信息、马绍尔群岛相关史料的视频、马绍尔群岛政府正在实施的一些抵御海平面上升的工程等。

因此，通过对先进技术和创意手法的应用，纪录短片剧作者可以打破传统的艺术表达壁垒，探讨创作主体、影像方法、拍摄对象三者之间的关系。数字纪录短片行走于现实与想象的边界，可以引起每一个人的情感共鸣与记忆联结，从而增强自身的吸引力和影响力。这些先进技术和创意手法为创作者提供了更多的创作思路，使其可以在当今新技术环境下探索纪录短片剧本创作的无限可能性。

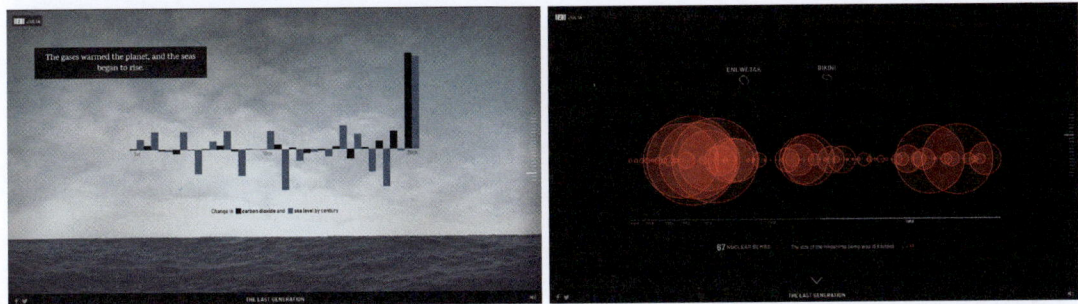

图3-14 《最后的一代》数据可视化

📄 3.4　课后习题

1. 归纳一些获奖的纪录短片剧本的写作策略。
2. 分析数字时代VR纪录短片剧本中的创新元素。

4

CHAP
TER

第 4 章

实验动画短片
剧本创作

学习要点及目标：

1. 了解实验动画短片剧本的类型与写作元素；

2. 掌握实验动画短片剧本的视觉语言设计；

3. 掌握实验动画短片剧本的听觉语言设计。

核心概念：

实验动画短片；结构；角色。

微课视频

实验动画短片是极具创造性的动画艺术作品，常常在动画表现形式、材料与技术上呈现创新性与探索性，其独具魅力的艺术语言特征，促使艺术家不断进行实验动画短片的实践。该类短片剧本的创作者往往运用自身的独特视角，观察世界并传达自己的价值观，为中期制作和后期输出奠定基础。实验动画短片剧本的创作讲究方法和技巧，首先要确定动画主题思想、角色、场景等，其次还要选择恰当的叙事结构进行剧情的编写。只有以一个优秀的剧本为依托，才能创造出具有艺术性、独创性的实验动画短片。

本章专为对实验动画短片剧本创作有需求者编写，将分析实验动画剧本的分类，并以典型实验动画短片为案例，总结实验动画短片剧本的写作元素和写作策略，帮助读者掌握创作实验动画短片剧本的方法。

4.1 剧本分类

实验动画短片可以通过剧情的编写，成为艺术家表达自我情感、追求情绪释放的媒介。有些实验动画短片有较为完整的故事结构及剧情，有些则只有抽象的符号化表现或碎片化的意识流画面，这些都由实验动画短片不同的剧本主题所决定。因此，在编写实验动画短片剧本时，首先要确定的就是剧本主题。实验动画短片剧本根据其主题大致可以分为3类，即情感类、幽默类和哲理类。

4.1.1 情感类

情感类实验动画短片剧本，会以特定情感的表达作为主要内容，其剧本设计可以分为两种，一种是通过叙事情节的起伏表达情感，另一种是通过几何图像等视觉元素的变化表达情感。

法国动画导演马蒂厄·拉贝（Mathieu Labaye）的代表作《束缚自由》（图4-1），取材于其因疾病致残而去世的父亲。在剧本中，马蒂厄将对身体残缺的痛苦、对自由的渴望，通过3个阶段的叙事和情节起伏表现出来：第一个阶段是父亲的独白，讲述了父亲的生平以及作为残疾人在轮椅上度过的痛苦一生；第二个阶段描写了被一根根线束缚住的人们，他们虽

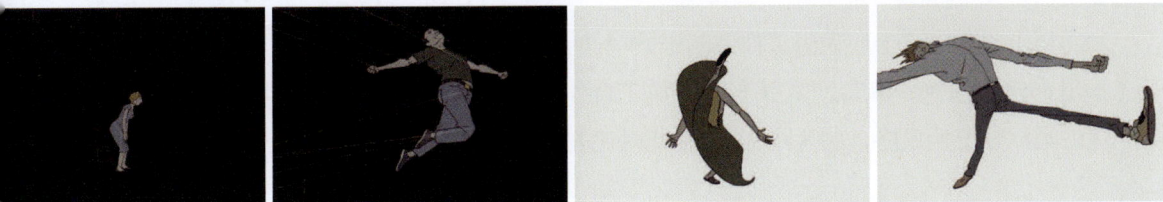

图4-1 《束缚自由》

然可以完成残疾人无法完成的动作，但终日进行着枯燥的重复运动；第三个阶段是被束住的人们挣开束缚，释放自我，开始尽情地舞蹈。导演通过不断发展的剧情，展现了人们从被线束缚到自由起舞的这个过程中所得到的自由和快乐，展现了人们对自由的无尽渴望。

另一种情感表达的方式则更加符号化和抽象化。德国抽象实验动画先驱奥斯卡·费钦格（Oskar Fischinger）在1920年开始采用手绘电影技术，并于1922年开始运用图像和流行音乐的同步技术制作富有情感的抽象实验动画作品，希望以视觉形式传达明确的心理意象。他的代表作《运动绘画1》（图4-2）省去了常规影视作品中的剧情结构，只随音乐变化调整图形的形状和颜色，通过视觉元素的变化来传达聆听音乐时的情感体验。

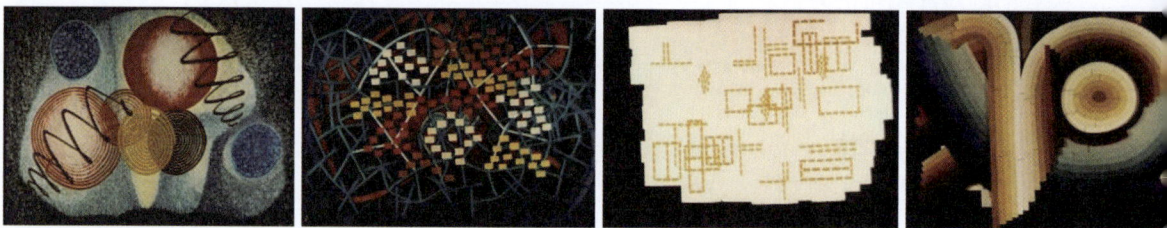

图4-2 《运动绘画1》

4.1.2 幽默类

幽默类实验动画短片剧本会将动画内容用喜剧的形式表现出来。

例如迪士尼导演的幽默类实验动画短片《骷髅之舞》（图4-3），讲述了在一个深夜，4具骷髅在墓园中起舞，待雄鸡报晓时，4具骷髅又惊慌地躲回坟墓的故事，整体充满了无厘头的气息。迪士尼通过简单流畅的故事结构、夸张生动的角色设计、悠扬的管弦配乐创作了这部妙趣横生的作品。

图4-3 《骷髅之舞》

2020年上线了由迪士尼动画工作室制作的"迪士尼实验动画短片"系列。该系列计划由员工提出自己的创意，编写剧本并与其他员工合作创作短片，其中一部分延续了《骷髅之舞》这种幽默轻松的风格，如《水洼》《生死时速》《理发柔道》（图4-4）等。

图4-4 《水洼》《生死时速》《理发柔道》

4.1.3 哲理类

哲理类实验动画短片不以创造商业价值为主要目的，而强调探索性与艺术性。哲理类实验动画短片剧本或受到某些哲学思想的指导，或为满足特定需要而引用某些哲学理论，往往通过简单的动画内容来表达意味深长的哲理。

中国实验动画短片的剧本创作灵感源于民间谚语或成语，并通过一些简短的故事来表达哲理。例如众所周知的《三个和尚》（图4-5），编剧以民间流传的故事为基础，稍加改动，完成了《三个和尚》的剧本创作。在前期剧情中，三个和尚因推卸责任而都不愿意打水；而在后期剧情中，三个和尚又因一起救火知晓了齐心协力的意义，最终一起合作，更高效地将水运上山。该动画短片不仅讽刺了当下部分人的懒惰，也强调了合作的重要性。

图4-5 《三个和尚》

另一种哲理类实验动画短片讲述抽象或无厘头的故事，并在其中隐喻生活哲理。由加拿大国家电影局发行、诺曼·麦克拉伦（Norman Mclaren）导演的实验动画短片《邻居》（图4-6），便将哲学思想巧妙地融入影片的叙事中。该片通过描述两个邻居之间的来往，展现了导演对战争与和平的哲学思考。在该片开头，导演刻画了一对和睦相处的邻居的形象，他们各自在房前看报；接着，一朵小花在他们中间长出来，他们共同欣赏，为之高兴；再后来，剧情出现转折，他们都想将小花占为己有，于是开始重新划分地盘，并在争吵和斗殴中踩死了小花；随着暴力的不断升级，双方的争斗愈演愈烈，甚至波及双方的家人；最后，他们双双身亡，在他们的坟墓上各长出了一朵美丽的小花。

图4-6 《邻居》

4.2 写作元素

4.2.1 叙事结构

叙事结构指对故事中各个元素，如人物、动作和情节线索等的全面组合和安排。实验动画短片剧本的叙事结构可以分为线性叙事、非线性叙事及反线性叙事。其中，线性叙事是常规的叙事结构，非线性叙事和反线性叙事是非常规的叙事结构。不同的叙事结构可以通过不同的方式展现故事的意义和深度，引导观众深入思考和探究。因此，在实验动画短片剧本的写作中，要重视叙事结构，选择适合主题和剧情的叙事结构。

1. 常规的叙事结构

常规的叙事结构主要是线性叙事，它是一种经典的叙事手段，注重故事的完整性、时空的统一性、情节的因果性和叙事的连贯性，更容易被观众理解和接受。在实验动画短片剧本中，线性叙事更加强调事件的因果，一般都会有一条明显的主线来推动情节发展。同时，为了增强情节的张力，也可采取多线推进的方式，这也被视为线性叙事。

线性叙事往往遵循戏剧表演的剧情结构排列，由"开端—发展—高潮—结局"4部分组成，其中，高潮在戏剧表演中体现为戏剧冲突。线性叙事是西方影视动画创作中典型的创作手法，以传统的结构演绎故事，并且突出其中的矛盾点和因果要素，根据起承转合的流程来讲述故事。进行线性叙事时，创作者可能会设计很多矛盾点，在一环接一环的矛盾冲突中展开剧情，从而提高影视动画的吸引力，让观众迫不及待地想要了解故事的结局。

线性叙事包括顺叙、插叙、倒叙等。运用插叙、倒叙等手法的目的是更好地服务于顺叙，使动画的层次更加分明，更好地传达创作者想要表达的意思。实验动画短片《九色鹿》（图4-7）

图4-7 《九色鹿》

就采用倒叙型叙事结构，先展示了壁画《鹿王本生》，再讲述该片的故事。《九色鹿》的叙事结构见表4-1。

表4-1　　　　　　　　　　　　**《九色鹿》的叙事结构**

序号	片段	情节叙述
1	开端	以敦煌壁画为背景进行故事的导入，展示壁画《鹿王本生》
2	发展1	九色鹿在风雪交加的一天救了一支驼队，为他们劈开山川、指明道路
3	发展2	九色鹿救了森林中很多冻僵的、落水的小动物
4	发展3	黄莺提醒九色鹿，驼队在歌颂神鹿的事迹，让她小心，九色鹿认为人类会知恩图报，不会出卖自己
5	发展4	九色鹿救了落水的耍蛇人，耍蛇人向九色鹿发誓不会泄露九色鹿现身的事
6	发展5	驼队向国王讲述受九色鹿指引得以逃生的事，王后为一己私欲强迫国王捕获九色鹿，这件事被黄莺听到了
7	发展6	耍蛇人看到了国王的告示，犹豫后还是决定出卖九色鹿，带领士兵去抓捕九色鹿
8	发展7	黄莺告诉九色鹿耍蛇人叛变了
9	高潮	耍蛇人假意落水，骗出九色鹿，国王率士兵向九色鹿射箭
10	结局	九色鹿显灵，告诉国王和士兵耍蛇人恩将仇报，耍蛇人被沉至河底，九色鹿朝远方飞去

本片开端先展示敦煌壁画《鹿王本生》，再由驼队、小动物、耍蛇人受九色鹿帮助引出矛盾，耍蛇人背信忘义地带领士兵捕捉九色鹿为高潮，最后以九色鹿朝远方飞去为结局，呈现了知恩图报、言而有信这一主题。该片采取顺叙、倒叙等不同的叙述手法，将故事脉络清晰地展现在观众眼前。

2. 非常规的叙事结构

非常规的叙事结构包括非线性叙事和反线性叙事。

非线性叙事通常指的是不按时间顺序展开，或打乱、穿插时间线索的叙事方式。这通常伴随着断裂、省略、闪回、闪前的单一线索不完整叙事。虽然这类故事可能显得扑朔迷离，但基本上是围绕着一条主线进行叙述的。

非线性单线叙事是指单一线索的，并非按时间顺序进行的叙事，包括"环形结构""碎片结构"等。例如由米罗斯拉夫·基约维奇（Miroslaw Kijowicz）于1966年导演的实验动画短片《牢笼》（图4-8），其便在叙事时使用了"环形结构"的手法：看似是看守员在管理囚犯，实际上看守员也被困于牢笼，故事如此循环、永无止境。

图4-8 《牢笼》

　　非线性复线叙事则是指在多条故事线并行时，可以有多种表现形式，包括"戏中戏""多重时空""主题并置""对话式复调""对位式复调"等。例如由扬·什万克马耶尔（Jan Svankmajer）执导的于1982年上映的实验动画短片《对话的维度》（图4-9）就采用了"主题并置"的叙事手法，这部实验动画短片由3个故事构成，这3个故事表面上互不相关，实际上是通过它们所隐喻的主题相连接的。

图4-9 《对话的维度》

　　反线性叙事就是去故事、去情节、去叙事、去结构，甚至去角色。在电影中，反线性叙事多为散文化电影、诗化电影、实验电影等艺术电影所采用。反线性叙事的实验动画短片与这些电影呈现出同一个特征，即有意淡化叙事、淡化情节、淡化人物关系，更多的是表达一种情绪。例如荷兰导演迈克尔·杜多克-德威特（Michael Dudok de Wit）的实验动画短片《茶之芳香》（图4-10），他在剧本中并没有设计具体的角色和剧情，只讲述了以圆点为代表的茶香分子的旅程。圆点在旅程中多次穿过狭窄的道路、偶遇同类，最后孤身离开了这片天地。

图4-10 《茶之芳香》

4.2.2 角色塑造

角色一词，起源于戏剧艺术。在戏剧舞台上，演员通过饰演不同的角色来讲述故事及传达故事的中心思想。而在实验动画短片中，角色这一概念与传统的戏剧表演中的概念并不是完全一致的。在大部分实验动画短片中，故事是围绕角色发展的，角色是在实验动画短片中以有生命、有意识的形式进行表演的主体。

在剧本创作阶段，创作者会通过角色设定确定角色的具体特征，包括外貌、性格等。实验动画短片创作的特殊性在于，其作为一种虚拟和想象的艺术，所塑造的既可以是人，也可以是动物，甚至可以是某些无生命的物体。因此，从严格意义上说，实验动画短片中的角色，既具有影视剧角色的共通性，又具有自身的特殊性。同时，需要注意的是，在一部分实验动画短片中，创作者会设定高度抽象角色，或干脆不设定角色。

1. 角色基本特征

若没有商业需求限制，实验动画短片剧本创作者在角色的塑造方面可以更加随心所欲。实验动画短片剧本创作者一般是个人，因而其角色设定往往带有浓重的个人印记和地域民族色彩，在角色整体塑造上也力求简约，甚至刻意保有松散、随意的特性，这也逐渐成为实验动画短片的一大审美特点。创作者需要根据先前确定的剧本主题，选择合适的角色进行对剧本主题的演绎；同时，在角色的特征刻画上也可以更风格化和抽象化。在设定实验动画短片中的角色时，因为在表象之外需要表达更多隐晦的概念，所以创作者也可以颠覆一些具象形态，让观众能够将更多注意力放到对视觉符号背后的深层含义的思考上。

例如由安德烈·赫尔扎诺夫斯基（Andrey Khrzhanovskiy）执导的实验动画短片《小职员》（图4-11），故事主角是公司中的小职员科察金。他每天本本分分、按部就班地做着自己该做的工作。有一天，他准备下班时被上司叫住，上司要他去找一个名叫西多洛夫的出纳员，于是他逢人就问："你见到西多洛夫了吗？一个已经到了的出纳员。"为了做好上司交代的事，他从公司沿着上司所指的方向环绕了整个地球一圈，这期间，他打断乐队的演奏，穿过绑架现场，走过贫瘠的土地和陡峭的山峰，遇见和他一样的职员，虽然最终一无所获，但他觉得也算给上司有了交代。他返回公司后，继续做着之前每天都在做的工作，一如既往地重复过着枯燥的生活。

图4-11 《小职员》

▼ 《小职员》角色设定

主要角色

姓名：科察金。

性别：男。

身份：一名平平无奇的小职员。

性格：呆板、麻木。

工作内容：将其他员工递给他的纸放成几沓。

总体造型：脸方正，皱纹明显，平头，表情严肃并始终平静，穿和其他员工一样的蓝黑色西服套装，打黑色领带，穿黑色皮鞋，外出时提一个公文包。

次要角色

身份：科察金的上司。

性别：男。

工作内容：在自己的办公室里指挥员工。

总体造型：脸细长，白金色卷发，嘴角微微上扬，穿蓝白竖条纹西装，打白色领带，有时候会戴黑框眼镜。

《小职员》的剧本设定了呆板、麻木的主角形象，并通过对其外貌、工作等的描写，强化他的身份特征。同时，该剧本还设定了次要角色，即科察金的上司，使两者能够形成对比，以展现小职员日复一日地服从上司命令，过着机器人一般的生活，从而传达创作者的中心思想。我们在设定实验动画短片中的角色时，也要根据剧本主题的需要构思其基本特征。

2. 角色的叙事功能

实验动画短片中可以没有具体的或符合现实世界的、符合逻辑的叙事内容。事实上，在实验动画短片出现的时候，并没有为其确立正规的叙事模式，其仅仅呈现了艺术家们想要实现的视听效果，这让人们时常误以为实验动画短片只对形式美感进行创造性再现，并不具有叙事功能，其实，实验动画短片只是不像商业动画那样按部就班地讲故事而已。

所以，在实验动画短片中，创作者需要突出角色的重要性，继而推动情节的发展，用"有形"的方式去展现和描绘故事世界。而实验动画短片中有时甚至没有常规的角色，而是表现为一种抽象化的符号，需要观众调动个人体验去解释和理解这些抽象化的符号背后的深层含义。同时，实验动画短片中的角色也使故事的叙述更有个人特色和张力，创作者在编写实验动画短片剧本时，要注意到角色的叙事功能。

例如日本动画导演山村浩二（Koji Yamamura）根据卡夫卡（Kafka）的小说改编的短片《乡村医生》（图4-12），该片围绕一位乡村医生的一晚，探讨了人生困境的问题。在一个风雪交加的寒夜，乡村医生接到了病重患者家属的通知，必须赶到10英里（1英里≈1609米）以外的患者家中去，他为此向邻居借马车，并被扣下了自己的女佣。但当他来到病人家时，发现躺在床上的小男孩并没有生病。医生开始自我怀疑：为了这个并没有生病的小男孩，自己在这个寒夜特地赶来，并被扣下了一直陪伴左右的女佣，到底有什么意义？他突然发现小男孩的伤口，并发现小男孩已病入膏肓。最后，医生赤身驾着马车往家的方向驶去。

图4-12 《乡村医生》

《乡村医生》剧本（节选） ▼

两匹马静静地站在患者家门口，雪不再下，只有月光洒满大地。

患者的父母急匆匆地出门迎接，后面跟着患者的姐姐。医生几乎是被从车里抬出来，又被放进家里的。

房间里空气污浊，令人无法呼吸，废旧的炉子冒着烟。

患者是一个小男孩，他消瘦、两眼无神，赤身盖着羽绒被。

他坐起身来，抱住医生的脖子，对着医生的耳朵悄声说道："医生，让我死吧。"

医生看了一下四周，发现没人听见这话。病人的父母弓着身子呆站在一旁，等候着医生的诊断。他姐姐搬来一把椅子让医生放下诊包。

医生打开诊包，寻找工具。医生抓出一把镊子，在烛光下试了试，然后又放回去。

医生想道："是啊，在这种情况下得天相助，送来了需要的马匹，又因为事情紧迫而送来第二匹，更甚者，还送来了马夫——"

突然，门外的两匹马将窗户从外边顶开了，每匹马都把头伸进一扇窗户并嘶叫着。

医生想："我得立刻回去。"

小男孩的姐姐脱掉医生的黑色大衣，老人给医生端来一杯朗姆酒，并拍了拍医生的肩膀。医生摇了摇头，拒绝喝那杯酒，男孩的母亲站在床边叫医生过去。

医生走过去，把头贴在小男孩的胸口上。

马又嘶叫起来。

男孩在医生潮湿的胡须下颤抖起来。

医生想道："果然是这样，小伙子是健康的，只不过是有点供血不足，他那忧心忡忡的母亲给他喝了过多的咖啡。然而他却是健康的，最好干脆把他从床上赶下来。"

在《乡村医生》的剧本节选中，创作者通过刻画医生看诊过程中所遇到的多重障碍和矛盾，以及医生的内心独白来推进剧情，塑造了一个离奇荒诞的困境，实现了对剧本主题的阐述。

4.3 写作策略

4.3.1 剧本视觉语言设计

剧本虽然以文字为媒介，但它不是纯文学的，而是与影视艺术相关联，并由其所决定。因此，在创作实验动画短片剧本时，需要使用形象思维，着力打造视觉造型。实验动画短片剧本中的视觉元素包括角色造型、场景氛围等，是剧本的重要组成部分，剧本创作的重点在于将实验动画短片所需要表达的情感、文化内涵，通过剧本中所描述的视觉形式的造型和变化传达出来。实验动画短片剧本中视觉语言设计的好坏直接关系到实验动画短片的质量和表达效果。因此，在编写剧本时，编剧需要发挥想象力，养成这样一种习惯：在编写剧本的同时，脑海中要出现相应的画面。

1. 构成要素

实验动画短片剧本的一大写作特点，就是它的视觉造型性，这是指实验动画短片剧本的内容必须是能展现给观众看的，最后是需要表现在银幕上的。剧本视觉语言主要由3个要素构成：人物的视觉造型（包括人物的动作造型）、场景和环境气氛。

人物的视觉造型是实验动画短片剧本的重要组成部分，是实验动画短片剧本最集中、最典型、最具传达力的图式符号之一，创作者运用变形、夸张、拟人等艺术手法，将人物的抽象象征意义转化为视觉艺术表现。人物的视觉造型在一定程度上反映了人物的性格特征，是人物塑造必不可少的一部分。人物的视觉造型能推进剧情的发展，也能使观众透过人物的外部形象看到人物的内心世界以及体会人物微妙的感情变化。正因为如此，实验动画短片剧本侧重于进行动作描写。在刻画人物心理时，也要尽量用具有动作（造型）性的语言。

场景也是实验动画短片剧本的重要组成部分。实验动画短片剧本中的场景，既可指社会环境，又可指自然环境。实验动画短片剧本中的场景既可以是根据主题和角色的表现需要，经过艺术加工而创造的环境，也可以是对现实生活的再现，因此，创作者选择的场景不仅要反映一定的时代特征，还要体现其同人物命运的内在联系，进一步展现人物的性格和心理。

对环境气氛进行渲染能够真正发挥场境要素的作用。在实验动画短片剧本中，创作者要渲染出具有表现力的环境气氛，并以此暗示短片主题和人物的心理活动。环境气氛的渲染有很多种方式，包括细节的设置、颜色的选择、环境的变化，或夸张、对比、反复等。下面以实验动画短片《老人与海》（图4-13）的剧本（节选）为例进行解释。

▼ 《老人与海》剧本（节选）

路上的云像群山一般涌起，海岸遥不可见，隐现出淡蓝色的山丘。

老人在船上划动着桨，一声鸟鸣响起，老人抬头望去，心想："它逮住什么东西了。"海水也已转成深蓝色，水下鱼群游动。鸟冲进海里，叼走一条鱼，从老人头顶飞过。

…… ……

已经到白天了，可老人还睡着，一只小鸟穿过海上的云雾，停到绷紧的钓索上。大鱼平稳地拖着小船前进，船边云雾缭绕。

钓索突然猛地动了一下，老人一下子惊醒，看钓线一直往外溜。老人把钓索放在脊背上，仰起身子抵住那钓线，拼命支撑住身子，抵抗着大鱼给钓索的拉力，又不由得痛苦地叫了一声。

海面下的大鱼不断远行，突然，它一跃而起，掀起巨大的海浪，它闪着光，头部和背脊呈深紫色，两腰在日光下显出淡紫色的宽阔条纹。它的剑嘴像棒球棒那么长，又像窄剑那么尖，它全身跃出水面，又平稳地落回海中。

老人站在船上惊呼着："它不会那么大吧！"

图4-13 《老人与海》

在上述剧本中，有些属于人物的视觉造型，具体如下。

（1）老人在船上划动着桨。

（2）老人抬头望去。

（3）老人还睡着。

（4）老人一下子惊醒。

（5）老人把钓索放在脊背上，仰起身子抵住那钓线，拼命支撑住身子，抵抗着大鱼给钓索的拉力，又不由得痛苦地叫了一声。

有些既属于场景，又属于环境气氛，具体如下。

（1）陆上的云像群山一般涌起，海岸遥不可见，隐现出淡蓝色的山丘。

（2）一只小鸟穿过海上的云雾。

（3）船边云雾缭绕。

有些只属于环境气氛，如"它一跃而起，掀起巨大的海浪……"

在《老人与海》的剧本中，创作者通过对视觉元素的选择和刻画，讲述了老人与大鱼搏斗的故事，从而更好地歌颂了老人顽强拼搏的品质和精神。我们在编写实验动画短片剧本时，也要妥善地编排这3类视觉语言要素，更好地刻画人物与环境、阐释主题。

2．表现方式

在创作实验动画短片剧本时，通常要编写文本分镜头。对文学剧本的内容进行相应的取舍，将文学剧本中描述的画面分解成若干个镜头，并对镜号、景别、内容等进行描述，这就是剧本视觉语言的表现方式。

　　剧本的表现方式是镜头语言，其中包括景别、角度、摄像机运动、蒙太奇等，这都属于动画视觉语言传情达意的表现方式范畴。在编写文本分镜头时，创作者就要确定短片最终需要呈现的效果，从而选择合适的呈现方法。

　　表4-2为《老人与海》的文本分镜头（节选）。

表4-2　　　　　　　　　　　　　　《老人与海》文本分镜头（节选）

镜号	景别	摄法	内容	声音	时长/秒
…………					
19	远景	俯视，镜头缓慢向前推进	在夜色中，很多渔民拿着手电筒向海边走去	背景音乐	10
20	全景	平视，镜头静止	少年帮老人推了一把船，老人划着渔船离开	圣地亚哥："祝你好运，马诺林。" 水声、背景音乐	10
21	近景	仰视，镜头静止	少年在岸边看着老人离去	马诺林："你也好运，老人家。" 水声、背景音乐	5
22	远景	俯视，镜头移动到船上	海岸遥不可见，隐约出现蓝色的山峰，海水碧蓝，一艘小船在海面上漂着	背景音乐	10
23	全景	平视，镜头静止	老人划着船	背景音乐	7
24	特写	俯视，镜头跟随船运动	船桨划破海水	水声、背景音乐	10
…………					
64	全景	俯视，镜头缓慢向前推进	老人坐在船上吃着小鱼	圣地亚哥："我希望它不知道只有一个老头对付它……一个老头。" 咀嚼声、背景音乐	10
65	全景	俯视，镜头固定	老人将手放进海里晃了晃	圣地亚哥："我一定要用我的力量征服它。我降服过其他人，那次，在卡萨布兰卡的酒馆里……" 背景音乐	10
66	全景	俯视，镜头缓慢向前推进	老人将手收回来，握紧钩锁	圣地亚哥："我跟一个大哥掰手腕，他可是码头上力气最大的人。"	6
67	近景	平视，镜头绕两人旋转	两个年轻人在小酒馆里掰手腕	圣地亚哥："我们面对面地整整耗了一天一夜……" 嘈杂的人声	15

在《老人与海》的文本分镜头中，使用较多的是远景和全景。远景主要搭配俯视镜头，用于展现老人出海捕鱼时的环境，如表现孤舟漂于海面、天际云彩变化的画面等，从而烘托一种孤独的气氛。全景主要用于展现角色的动作，体现老人性格之坚强。景别是编写文本分镜头时的重点，要根据需要传达的信息进行选择。

《老人与海》的剧本中还使用了回忆蒙太奇的手法，在老人与大鱼对峙时插入老人对自己年轻时比赛掰手腕的回忆，暗示着老人重新获得勇气和毅力，更好地刻画了圣地亚哥的形象。因此，在进行实验动画短片剧本创作时，也要注意选择合适的蒙太奇手法，从而将情节更好地通过视觉语言组接起来。

3. 暗示和隐喻

日本导演黑泽明（Akira Kurosawa）曾说过："一部好的剧本，很少有说明性的东西，要知道，用种种说明来代替描写这种偷懒的办法，是写剧本时最危险的陷阱。说明某种场合下的人物心理是比较容易的，但是通过动作或者对话的微妙变化来描写人物心理却要困难得多。"在实验动画短片剧本的编写中，我们要多通过视觉性的方法强化人物形象，如人物的表情、动作造型等，同时，也要合理安排其他视觉元素，如故事发生的场景、道具细节等，通过多种视觉元素来暗示实验动画短片的主题。

实验动画短片具有强烈的个人风格、非主流性和小众性，但也能反映一定的社会文化背景，表达深刻的社会意义。可以说，实验动画短片剧本所使用的符号语言在一定程度上反映了社会存在，如前面探讨的《对话的维度》，就通过运用视觉符号的隐喻手法对日益工业化、物质化、消费化的社会现实与文化思想进行了探讨。

1989年，由劳恩施泰因（Lauenstein）兄弟创作的实验动画短片《平衡》，以一种抽象化、象征性的视觉叙事方法诉说了平衡以及秩序是如何被打破的。该片以一块灰色矩形平板作为环境，平板只有中点被固定，可以转动，平板下深不见底。在平板上，5名外貌几乎一模一样的男子为了争夺一个箱子而不断破坏平板的平衡，最后，平板上只剩下一个人和那个他永远无法得到的箱子。实验动画短片《平衡》的分镜头脚本（节选）见表4-3，其中所示画面是从成片中截取的。

表4-3　　　　　　　　　　　　　　　《平衡》的分镜头脚本（节选）

镜号	画面	内容
1		一名穿着灰色大衣的男子转动了一下眼睛，转头看向一边
2		男子看了一眼身边的人，又转过头去。在他的两边，还站着两名一模一样的男子

镜号	画面	内容
3		在一块平板上，有5名外貌几乎一模一样的男子。一名男子向前走了一步，平板倾斜；另外4名男子也向前走了一步，从而保持平板的平衡
…………		
23		一名男子用钓竿钓起一个箱子
24		箱子旁的男子转身看了其他人一眼，将钓竿收起
25		男子向箱子走了一步，平板倾斜
26		男子后退了一步，箱子停在了平板的边缘

在《平衡》的剧本中，编剧创造了多个符号化的虚拟视觉意象，包括可运动的平板、外貌几乎一样的男子、箱子等，以超现实的方式影射了当时的时代背景。编剧在编写剧本时，要摒弃直接的叙述，学会通过视觉语言传达所要表述的信息，将深刻的道理、抽象的内涵隐藏在影像世界的背后。

4.3.2 剧本听觉语言设计

听觉元素也是实验动画短片剧本的重要组成部分，它是指所有用来表情达意的声音，包括台词、背景音乐、音效、画外音等。听觉元素是构成实验动画短片剧本的基本元素，编剧往往会根据剧情和氛围的不同，选择不同类型和风格的听觉元素。只有选择恰当的听觉元素，才能更好地刻画人物、完善叙事，以及烘托环境气氛。在实验动画短片剧本中，听觉元素的设计可以夸张、抽象，有时候也采取简化手法，以体现实验动画短片的特殊魅力。

1. 台词

在实验动画短片剧本中，台词起着很重要的作用，它使角色能够传达用于推进剧情的信息，并进一步强化角色的形象。不过，在实验动画短片剧本中，时常也会不设置台词，或仅以无实际意义的音调变化等作为角色的台词。

　　剧本中的台词主要分为对白和独白。角色之间进行对话是推进剧情的一种方式。角色的独白则在塑造角色形象时具有重要作用，能展现角色的内心世界。

　　例如由加拿大导演兼编剧特里尔·柯弗（Torill Kove）自编自导的实验动画短片《丹麦诗人》（图4-14），讲述的是诗人加斯帕·约根森由于缺乏创作灵感，去寻求默克医生的帮助，在医生的建议下，踏上外出度假的旅程，由此发生了一段奇遇的故事。片中所有角色的对话及旁白，都由同一女声即叙述者演绎。《丹麦诗人》文本分镜头（节选）见表4-4。

图4-14 《丹麦诗人》

表4-4　　　　　　　　　　　　《丹麦诗人》文本分镜头（节选）

镜号	内容	台词	音效及背景音乐	时长/秒
…………				
9	城镇俯瞰图	旁白："在哥本哈根的一个小公寓里……"	轻柔的背景音乐	2
10	加斯帕背对着窗子，坐在桌子前	旁白："住着一位丹麦诗人，名叫加斯帕·约根森。"		3
11	加斯帕对着空白的纸思考，然后将空白的纸揉成一团扔到地上，起身离开	旁白："加斯帕很害怕灵感消失，经常想不到东西可写。"	揉纸声、椅子摩擦地面声、脚步声	12
12	医院门诊处坐满了人	旁白："于是他去寻求默克医生的帮助……"	脚步声	4
13	门被拉开，默克医生坐在房间里的一张沙发上	旁白："他是这方面的专家。"	拉门声	2
14	默克医生吸了一口烟		吸烟声	2
15	加斯帕躺到床上，擤了一把鼻涕		擤鼻涕声	6
16	默克医生一边说话，一边吸了一口烟	默克医生："为什么你不去度个假呢？呼吸点新鲜空气。"	吸烟声	5
17	加斯帕看向医生	加斯帕："我没有钱，也不会法语，该去哪里度假呢？"		4

续表

镜号	内容	台词	音效及背景音乐	时长/秒
18	默克医生摊开左手	默克医生："挪威怎么样？很便宜，且有很多丹麦人。"		5
…………				
84	加斯帕趴在默克医生房间里的床上		低沉的背景音乐	2
85	加斯帕转过头，看向默克医生	加斯帕："我如此悲伤，还能写什么？"		3
86	默克医生抬起头，微笑着回答加斯帕的问题	默克医生："有的人认为这就是写作的最佳时机。"		3
87	加斯帕看着默克医生	加斯帕："真的吗？"		2

实验动画短片剧本的台词设计不一定要遵循现实世界的逻辑，不一定要呈现出口语化或生活化的特征，而是可以呈现出抽象化、夸张化、文学化的特征。但需要注意的是，台词的设计依然需要符合设定的角色性格。

2. 背景音乐

在实验动画短片的创作中，有的是先创作剧本，再根据剧本的内容搭配背景音乐；有的则是先确定背景音乐，再根据背景音乐创作剧本。如果是后者，编剧就需要根据背景音乐的节奏和旋律，创作与背景音乐相关的故事，渲染与背景音乐相关的氛围。

例如迪士尼的经典动画片《幻想曲》的续篇《幻想曲2000》（图4-15），就将经典音乐和动画艺术融为一体。该动画片的背景音乐之一是美国作曲家乔治·格什温（George Gershwin）创作的钢琴协奏曲《蓝色狂想曲》。《蓝色狂想曲》是爵士乐与古典音乐的结合，既具有抒情性，又具有戏剧性。因此，在剧本的编排上，导演就以《蓝色狂想曲》为切入点，对照着安排剧情的起落，如该音乐的结尾是一个渐强的和弦，导演便安排了4个主要角色实现各自的梦想作为结局。

图4-15 《幻想曲2000》

3. 音效

在多数动画作品中，音效是由剪辑师负责处理的，但是编剧和导演也可在音效方面提出自己的想法，或给出听觉隐喻和声音基调方面的建议，从而增加剧情和画面的层次感。在编写实验动画短片的分镜头脚本时，要说明不同镜头所需的音效，可以参考如下几点：音效

图4-16 《父与女》

的添加不一定要与画面完全匹配，可以表现为音画异步；可以对现实声音进行夸大处理，从而强调所要表达的意义；在对不同角色进行刻画时可以使用不同的音效，从而将音效作为标志来加深观众对相应角色的印象；音效可以烘托环境气氛，表达更深层次的内涵。

例如由荷兰动画导演迈克尔·杜多克-德威特于2000年执导的实验动画短片《父与女》（图4-16），就通过大量音效烘托环境氛围，传达角色的情感。该片的主要内容是：女孩在很小的时候与父亲一同骑车来到湖边，父亲在河岸边挥别而去；之后，思念父亲的女孩年复一年地骑车来到河畔，等待"未归"的父亲。《父与女》文本分镜头（节选）见表4-5。

表4-5　　　　　　　　　　　　《父与女》文本分镜头（节选）

镜号	内容	音效及背景音乐
26	黄色的树叶在风中摇动	风吹树叶的声音，背景音乐
27	女孩在风中骑车	风吹树叶的声音，背景音乐
28	草在风中摇动	风吹草的声音，背景音乐
29	女孩推着车爬上斜坡	风吹草的声音，背景音乐
30	女孩骑车从一个老妇人身旁经过	车铃声，背景音乐
31	女孩停下，从车上跳下来眺望	风吹草的声音，背景音乐
32	河水流淌	水声，背景音乐
33	女孩上车	风声，背景音乐
34	黑幕	背景音乐
35	天上的云	雨声，背景音乐
36	长大一点的女孩推着车爬上斜坡	雨声，背景音乐
37	女孩骑车超过一个也骑着车的女子	雨声，车铃声，背景音乐
38	女孩停车眺望	雨声，背景音乐
39	女孩骑车回去	雨声，背景音乐

在《父与女》的剧本中，编剧加入了大量的音效，通过风声、水声、雨声、车铃声等营造一种悠扬、静谧、伤感的氛围，从而产生让观众感同身受的效果，也让观众更能体悟该片所要表达的父女之情。

4. 画外音

在实验动画短片剧本中，还有一种声音，即画外音。凡影片中发出的声音，只要其声源不在画面内的，即不是由画面中的人或物直接发出的声音，都称为画外音。画外音是话剧、电影等艺术形式常用的一种听觉语言，往往是对剧情的一种阐述和补充。

例如实验动画短片《狼、羊、菜过河》（图4-17）中，创作者在该片开头以画外音的形式讲述了主要剧情："人要把一只狼、一头羊和一棵白菜从河的左岸带到右岸，但他的渡船太小，一次只能带一样。因为狼要吃羊，羊会吃白菜，所以狼和羊、羊和白菜不能在无人监视的情况下相处。问：人怎样才能达到目的？"

图4-17 《狼、羊、菜过河》

📄 4.4 课后习题

1. 简述实验动画短片剧本创作中角色设定的重要性。
2. 分析经典实验动画短片剧本中的符号化和隐喻性元素。
3. 自主选题，尝试创作实验动画短片剧本。

第 5 章

短视频剧本
创作

学习要点及目标:

1. 了解短视频剧本的分类;

2. 掌握短视频剧本的写作元素;

3. 熟悉短视频剧本的写作策略。

核心概念:

情节点;元宇宙。

微课视频

短视频作为社交媒体时代的一种新影像形态，诞生于2014年年初，兴盛于2020年至今，是能够创造出巨大的流量与用户规模，获得不错的市场收益的数字短片形式。

早期，短视频创作的鲜明特征是门槛低、成本低、制作周期短。短视频既适合个人创作，又适合团队创作，能满足人们随时随地了解世界、获取信息的需求，因此，当今的短视频不应是"即食快餐"，不应粗制滥造，而应是精细高端、充满正能量的文化作品。

本章主要围绕短视频剧本的创作进行讲解，旨在帮助短视频创作者开拓思路，学习如何快速且有条理地进行剧本策划与撰写。

5.1 剧本分类

目前新媒体平台上的短视频内容丰富多样，如生活技巧、时事新闻、社会动态、街头采访、商业测评等。常见的短视频及其剧本可以归纳为五大类：科普类、美食类、新闻类、生活类、剧情类。

5.1.1 科普类

科普类短视频能用通俗易懂的语言和生动有趣的画面将科学知识传播给大众，使大众在碎片化的时间里了解科学知识，从而达到科普宣传的作用。这类短视频的受众往往不具备专业的理论知识，他们观看这类短视频的目的也不是进行学术研究。

一般来说，科普类短视频注重声音与画面的结合，可以传达大量的信息，所以剧本中的文字内容是最重要的，画面则可以是与文字内容搭配的实拍画面或动画，有时甚至可以是表情包。图文页面主要起到分段和总结关键词的作用，实拍画面则是根据剧本的主要内容拍摄的，相关画面在多数情况下并不与所讲述的文字内容同步，而是作为视觉背景烘托主题。剧本内容应简洁，以讲清知识为主要目的，并不倾向于运用过于优美的语言。图5-1所示是一段以旁白为主的科普类短视频剧本。

科普类短视频剧本也很适合运用动画进行展示。分镜头设计是创作动画版科普类短视频视觉蓝图的必备过程。前期进行剧本创作时，可以通过绘制分镜头这种清晰且易于理解的方式对每一个镜头进行视觉上的规划，这样会让创作者对短视频整体的视觉结构有一个基本确定的概念。

"空间一号"科普类短视频自媒体和"TED-Ed科普动画"都是非常优秀的动画版科普类短视频案例。"空间一号"结合动画与实拍画面进行有关宇宙探索方面的知识的讲解，TED-Ed则一改千篇一律的文字叙述，将抽象的概念更直观地展现给观众，更好地展示和讲述了科普知识，让枯燥的知识变得更加有趣，给人们寓教于乐的观看体验，如图5-2所示。

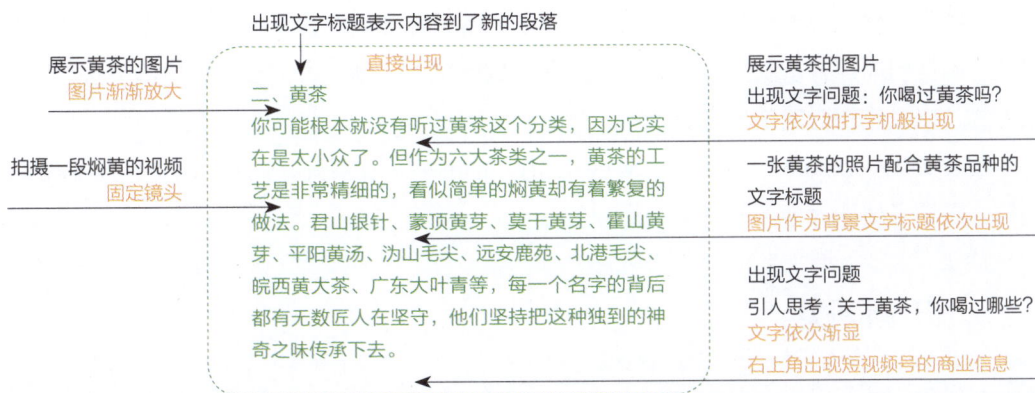

展示黄茶的图片
图片渐渐放大

出现文字标题表示内容到了新的段落
直接出现

二、黄茶

你可能根本就没有听过黄茶这个分类，因为它实在是太小众了。但作为六大茶类之一，黄茶的工艺是非常精细的，看似简单的焖黄却有着繁复的做法。君山银针、蒙顶黄芽、莫干黄芽、霍山黄芽、平阳黄汤、沩山毛尖、远安鹿苑、北港毛尖、皖西黄大茶、广东大叶青等，每一个名字的背后都有无数匠人在坚守，他们坚持把这种独到的神奇之味传承下去。

拍摄一段焖黄的视频
固定镜头

展示黄茶的图片
出现文字问题：你喝过黄茶吗？
文字依次如打字机般出现

一张黄茶的照片配合黄茶品种的文字标题
图片作为背景文字标题依次出现

出现文字问题
引人思考：关于黄茶，你喝过哪些？
文字依次渐显
右上角出现短视频号的商业信息

图5-1 《六大茶类的典型代表，你知道几个？》剧本（节选）

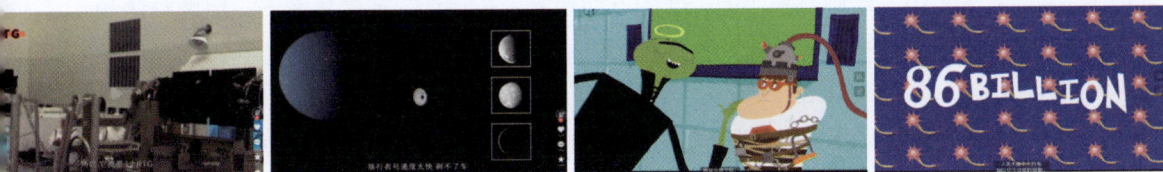

图5-2 "空间一号"与"TED-Ed科普动画"

5.1.2 美食类

俗话说得好："民以食为天。"好的美食类短视频可以让观众看到色香味俱全的佳肴后在视觉上"饱餐"一顿。美食类短视频的创作门槛较低——只要会烹饪，甚至只要会享用美食即可。常见的美食类短视频大致分为烹饪类、探店测评类、吃播类3种。

烹饪类美食短视频常通过教授菜品的常规制作方法，或者运用新奇的工具或方法创作美食来吸引观众的注意，相关账号的主页见图5-3。创作此类剧本时，要注意菜品故事的构建，以及制作步骤的讲解文字与画面之间的衔接。菜品故事既要能引起观众的兴趣，又要能清晰地展现菜品的制作步骤。如"日食记""爱做饭的芋头SAMA"等都是受欢迎的烹饪类美食短视频账号。

探店测评类美食短视频是对特色美食进行品鉴与推荐的短视频。创作剧本时常加入大量的互动话题，以增强短视频内容的争议性、讨论性和趣味性。

图5-3 烹饪类美食短视频账号的主页

吃播类美食短视频对剧本的依赖较小，创作者只需要确定食物的主题、设计食物的摆盘方式、确保咀嚼声音录制清楚就可以了。在多数情况下，创作者需要注重拍摄手法、广告植入方式，以及吃播时的说话内容。

美食类短视频剧本一般时长在5分钟以内，都围绕美食展开，阐释和记录与食物相关的内容，展现各地博大精深的饮食文化。

5.1.3 新闻类

新闻类短视频主要是对政治、经济、生活等方面的时事进行报道，具有很强的话语权威性和舆论引导力。这类短视频大多由国家的主流媒体制作和发表，创作者在创作这类剧本时需注意：从时代宏大的主题中寻找小的、新的方面切入，以普通人的视角深入浅出地触达受众，灵活运用短视频的快速代入力和情绪感染力；增强内容的延伸性，为后续的再创作提供潜在的素材。

近年来，各类媒体机构充分运用自身资源打造独家栏目，发布了诸多兼具严肃性与娱乐性的新闻类短视频，《主播说联播》《面对面》《相对论》就是很好的例子。

5.1.4 生活类

生活类短视频的题材非常广泛，制作门槛低，素材易于搜集，创作者只需一部手机就可以随时随地记录生活。生活类短视频可以分为随手记录类和计划记录类两种。

1. 随手记录类

随手记录类的生活类短视频主要以拍摄素材为剧本内容。由于生活中发生的事情比较随机，多数情况下创作者都是根据当天的拍摄素材来撰写和剪辑剧本的。"叫我小妍（zǐ）子""小麦的幸福生活"都是记录孩子成长的生活类短视频账号。

2. 计划记录类

计划记录类的短视频创作者会在拍摄前就写好剧本，在拍摄时根据剧本需求拍摄相关素材，并将拍摄途中的意料之外的见闻也纳入素材库中，尽可能确保后期剪辑出来的成品符合剧本的要求，有时甚至会有意想不到的收获。专业的创作者会尽量避免计划与所拍摄的素材不配套而多次修改，导致增加工作量和工作难度，从而降低短视频的质量和发布速度。下面我们来看一段旅行攻略类短视频的计划性剧本。

计划性剧本　第一天　第二站　龙门石窟攻略

大纲： 门票票价+推荐到达时间+记录白天和晚上的风光（拍照+找讲解员）。

- 龙门古街—洛阳非遗
- 河边—龙门桥（鲤鱼跃龙门典故）

- 拍摄比较关键的几个佛像并进行介绍

文案： 第二站龙门石窟的票价为90元。我推荐你下午5点左右到，这样你不仅看了白天的景色，还能看到晚上亮灯时的壮观景象，一般人我不告诉他。你从龙门古街溜达着过去，一路上有很多洛阳非遗，还能打卡拍照。走到河边就能看到龙门桥啦。"看！这就是'鲤鱼跃龙门'中的龙门。"到桥下肯定要拍照，重点是："记得找讲解员！找讲解员！找讲解员！"如果有条件，在龙门石窟你一定要请个讲解员，毕竟讲解器是不会跟你互动的，你还能听到很多有趣的故事。在这里你记得要跟佛像合影，看看最美观音。重头戏当然就是仿照武则天的样子塑造的卢舍那大佛了。不要被台阶吓到，上去后绝对不会让你失望。龙门石窟所有的石像都是可以拍照的，但是请一定不要用手摸，福气不是摸来的，这些石像好不容易才保存了1400多年。过桥后一直走到对面的礼佛台，这里是拍全景最好的位置，差不多下午6点30分灯就亮了，你就可以拍照发微信朋友圈了。

5.1.5 剧情类

剧情类短视频多数是由团队进行创作的，常常具有娱乐化、非专业化、商业化的特点。相比专业的影视制作团队，这类短视频的创作团队对场景、人物、摄像技术甚至剪辑技术的重视程度较低，更加注重对白或独白的创作。创作时要注重每个角色的语言特点，注意不同角色在用词、语法、习惯上的不同，最好让观众仅从语言内容上就能分辨出是谁在说话。在"刘大悦"创作的《以后的你妈》系列短视频中，她一人分饰两角，"学霸"女儿和邋遢妈妈的对白与内心独白都非常具有个人特点，服装造型和人物动态也很贴切，不会让观众出戏。

5.2 写作元素

短视频剧本，特别是实拍的短视频剧本，一般要进行至少两次统筹修改：第一次针对拍摄前的计划性剧本，第二次针对拍摄后的剪辑剧本。计划性剧本是创作者根据前期调研和目标风格撰写的，呈现了最理想的创作效果，后续拍摄时要尽量符合计划性剧本的要求。剪辑剧本是在素材拍摄完毕后撰写的，创作者需要根据已有素材进行调整，比如对拍摄不到位的素材进行替换或修改。

短视频是一种时效性强且内容精练的互联网传播方式，其剧本创作需要秉承内容为上、兼具艺术性与生活性的特点，以满足用户的信息获取和娱乐需求，增强用户黏性。而且，其剧本创作并非偶然的灵感堆砌，高产能的剧本创作是有一套科学的基本流程的，即确定短视频的选题库和情节点、塑造人物、丰富细节。下面对4个写作元素进行讲解。

5.2.1 选题库

短视频选题的灵感来自两个渠道：突发奇想式的灵感迸发和严谨广泛的多方向调研。

对通过上述两个渠道得到的题材进行多次不同的排列组合，并根据现实需要进行艺术化处理后，就会形成独具风格的选题库。

1. 选题来源

创作者可以根据自身账号风格、内容需求、流量需求等，从短视频平台对标账户、热搜数据、热门评论，甚至书籍、电影等任何可以提供灵感的渠道，得到剧本创作灵感，充实"灵感仓"。随时随地记录突发奇想式的灵感，"灵感仓"会越来越满。但是突发奇想式的灵感不是说有就有的，更多的灵感是通过广泛调研得来的。当灵感积累得足够多时，组合多个灵感或者依托现有灵感迸发新的灵感，就可以生成选题。

如果实在想不到原创选题，则可以尝试改编。需要注意的是，创作者要进行足够多的变动，把握好抄袭与改编的度。在尝试改编时，可以从人物、环境、时间、故事类型、风格、视听设计手法等方面做出改变或调整，这样创作出新的故事的可能性就较大。

2. 选题生成方法

（1）热点法

为短视频获取流量的最快速的方法之一就是蹭热点，如果运用得当，一个视频就能让你收获上万次关注。热点有两种：一是热点挑战，即以相同的内容或模式进行挑战打卡，如"冰桶挑战""蓝线挑战""大学生'特种兵'旅行"等；二是热点话题，如高赞视频、高赞图文、高赞评论等，如"淄博烧烤""00后，职场'终结者'"等。蹭热点时也要根据账号定位对热点内容进行改编，提高短视频的原创水平，而不是一味照搬热点内容。

（2）人设法

这是指选题要贴合人设，保证选题内容的垂直度，内容输出方向与人设打造方向一致，从而增加账号权重和吸引广告投资。这类案例的短视频较多，读者可自行选择感兴趣的博主。

（3）系列法

系列法是增强用户黏性的方法之一。系列选题一般要提前一周以上进行策划，大类选题下设分选题，分选题内容需连贯且新颖，创作手法、风格需统一。在账号下设置大类选题的系列标题，这是选题的大方向，日后创作时基于大类选题划分小的选题展开创作即可。"刘大悦"的《以后的你妈》系列、"密子君"的《成都密食》系列、"央视新闻"的《主播说联播》系列都是很好的案例。

3. 选题禁忌

好的选题是剧本成功的关键。创作者不仅要考虑如何获得更多的流量，也要注意选题时应尽可能避免的事项。

（1）选题不要太大。充分细化选题，从点切入，更好地诠释主题，与用户产生连接。

（2）选题不要太空。多从用户需求出发生成选题，多挖掘深层内涵或者提出具体措施。

（3）选题不要太广。选择热度高的话题，但并不是所有的热点话题都符合自身账号的定位，一定要吸引精准用户。

4．价值传达

短视频剧本传达的是创作者的价值观。创作者不仅应及时把握热点，向用户传达其喜闻乐见的故事，更应该在快速传递内容的同时于适当的情节处升华主题，向用户传达向善、向真、向美的价值观，引领正确的价值导向。

短视频剧本可以传达的价值观包括：正面的情绪价值观、正确的金钱经济观、正确的政治理论价值观、正确的艺术审美价值观、正向的宗教价值观，以及其他正面的个人和社会价值观。

5.2.2 情节点

1．模式与设置

情节点原是电影剧本写作的专用术语。在短视频剧本中，情节点指将一系列独立又混乱的故事发展的可能性有条理地串联起来，将故事划分成一个个小的部分。连续的情节点能推动剧情发展，而且创作者很容易把握每一部分的时长。短视频的情节有起有伏，节奏有急有缓，可使短视频的内容充满趣味性。以下是6种情节点及情节点组，如表5-1所示。

表5-1   **6种情节点及情节点组**

上升点	下降点	平淡点	波动点	循环点	过渡点
故事情节快速发展，人物情绪越来越高涨，剧情节奏越来越快，矛盾冲突越来越强烈，情节逐步波动，到达最高点时即为故事高潮	由于种种原因，情节的发展受到阻碍，矛盾的激化与障碍的增加使角色必须面对失败或做出妥协，情节强度逐渐下降，到达最低点时即为故事低谷	剧情节奏趋于平缓，并没有任何由矛盾、阻碍、冲突等造成的高潮或低谷。此时只需要稳定地传达信息即可	情节强度受到各种正面和反面信息的影响而呈现时而上升时而下降的波动趋势	故事经过发展并没有被推动到下一情节点，而是回到了上一情节点的起始处，如短视频的结尾即是开头，这是现在较为热门的一类短视频	过渡点常常出现在需要衔接的两个反差较大的情节点之间，目的是使故事自然流畅地进入下一情节点

续表

情节点组

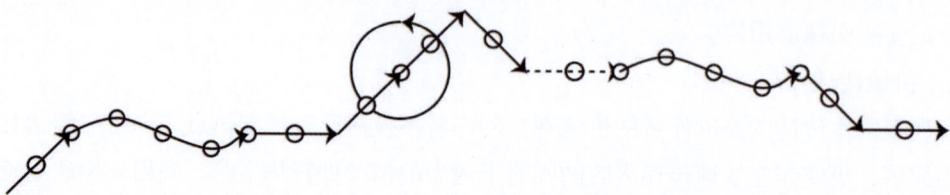

通常来说，创作者不会单一地设计某一种情节点，而是对不同情节点进行个性化排列，得到情节点组。具有相同作用的情节点通常不会相连，具有相反作用的情节点常常相连，以制造跌宕起伏的剧情效果

创作者在情节点中加入矛盾与冲突，给情节点赋予一定的象征意义，可以更好地推动情节发展。情节点的设计方法有两种：顺序设计法和倒序设计法。

顺序设计法就是在确定选题后，以从开头到结尾的顺序依次设计情节点，根据角色目的或主题构思下一情节点，直至结尾；或建立常用的顺序剧情模板，给不同的短视频替换不同的关键词（包括但不限于名词、动词、形容词等）。倒序设计法则是从结尾开始往前构思情节点，可以让所有情节点的设计都准确地服务于结尾，不至于在故事创作过程中写跑题或者让结尾太平淡。以下是剧情类短视频的剧情模板，如表5-2所示。

表5-2	剧情类短视频的剧情模板

这是一个关于×××的故事，主人公×××是一个×××（形容词）的×××（身份/职业）。他的特长是×××，他的短处是×××。
故事发生在×××的一天/时期，与平时不同的是，这时候发生了×××（问题），主人公踏上了解决×××（这个问题）的旅程。主人公通过×××（哪些人/什么新的手段/学习哪些新技能等）努力寻找解决问题的方法，其中最大的困难是×××。主人公（是否）成功解决了×××，解决的过程是×××。最终主人公去了×××，获得了×××的奖励。

2. 三幕结构

短视频创作者一般会采用三幕结构，以使观众快速进入观影状态，沉浸于影片中。由于短视频具有时长短的特点，因此它的三幕结构需要更加紧凑和连贯。短视频创作者应践行"3秒吸引、5秒叙述、8秒反转"的创作原则，在风格表现和视觉展示上展现设计感和个性。

（1）第一幕：起始

短视频开头的3秒被称为"黄金3秒"，这3秒决定了短视频是否能够吸引观众的眼球，激发观众继续看下去的欲望。因此，要想在前3秒留住观众，就要尽可能地把最吸引观众的看点清晰、简洁、快速地表达出来，提高观众的期待值。下面提供6种写作思路。

①满足好奇心。短视频前3秒展现的画面、声音或语句越陌生、越新鲜，就越能满足观

众的好奇心。多数科普短视频的开头，如"你绝对不会知道×××""×××绝对不会告诉你的×××""你根本想象不到×××"等就采用了这种思路。

②优先呈现高潮内容。把短视频最精彩的部分放在开头，是常用的剧本创作手法之一，有些创作者还会选择在故事达到高潮时再重复呈现一次开头的内容。这种剧本创作手法适用于短视频的预告片，也可以将其视为线性叙事中的倒叙或插叙。

③放大矛盾与冲突。矛盾与冲突是短视频的一大看点，能够满足人们喜欢"吃瓜"的心理。矛盾与冲突既可以是高潮，也可以快速将情节推到高潮，使情节更加紧张、更具看点，如在剧情类短视频开头常常能看到情侣大吵着要分手的情节。

④展现新颖的事物。这里所说的新颖的事物可以是一种新的画面镜头形式、一些少见的风景、一种新颖的特效、一个巨大的付款数字等。

⑤营造反差感。像人物设定一样，情节点的反差感同样可以使短视频充满吸引力，如变装视频中的人物多是从邋遢的样子突然转变为俊男靓女的。

⑥精准抓痛点。在开头清晰地指出观众的痛点，可以快速筛选和留住有相应需求的观众，如缓解因久坐不动而产生的腰痛的运动、知道如何在画眼线时不手抖、知道单词怎么背记得更牢固等。

（2）第二幕：发展

第二幕是故事的核心。受短视频时长的限制，第二幕的剧情要紧凑连贯。情绪要随着剧情的发展逐渐迸发出来，视听感受也要随之变得强烈，观众的期待要在这个过程中逐步得到满足。对于不必要的对话或过程可以有选择地删减，从而让剧本的第二幕成为精华。

（3）第三幕：高潮/结局

第三幕是故事发展中冲击力最强的部分，需要满足甚至超出观众的期待。通常来说，第三幕有两种处理方法：一种是在高潮时解开悬念，呈现反转结局；另一种是在高潮时不解开悬念，留下不明确的结局，并使观众产生新的期待。多数短视频创作者会选择第一种处理方法。"吴一斤斤"发布的短视频《也许我会忘记你，但我会一直爱你》，先展现了一个对感情不太上心的男孩，可观众看到后面才发现是女生得了健忘的病，男生做过的事情女生转瞬就会忘记。在他们的视角下，对方都是健忘的，但他们对对方的爱却是真的。这个结局出乎观众的意料，它点明了"忘记一切也不会忘记爱你"的主题，非常能够引起观众的共鸣。

也有短视频创作者选择在第三幕留下悬念，常见的表达为"欲知后事如何，且听下回分解"。这常见于剧情类短视频或影片解说类短视频，目的是增强观众黏性，使观众对后续更新产生期待。

3. 矛盾与冲突

矛盾与冲突常常决定了观众的兴趣点所在，是短视频剧本中必不可少的元素，其本质上是对人物诉求的展现。创作者可以在人物情感、社会环境、道具事物上做文章，矛盾与冲突的表现风格越多样化，短视频就越能激发观众的兴趣。

（1）人物情感

人物情感上的矛盾与冲突除了身体疾病外，主要体现在心理层面。人物内心的欲望、恐惧、嫉妒、忧思或者变态心理等都是矛盾与冲突的来源。在"是个维维啊"的短视频《这就是你失眠的原因！》中，男主角一闭眼就会胡思乱想，转而就会坐起来在脑中吐槽，然后继续努力入睡。这种人物情感的波动就来自想睡觉和不停胡思乱想的矛盾，接地气的想法和搞笑的吐槽十分能够引起观众的共鸣，使观众好奇男主角下次闭眼后会胡思乱想些什么。

（2）社会环境

社会环境中的矛盾与冲突分为人为影响的矛盾与冲突和自然发生的矛盾与冲突。人为影响的矛盾与冲突包括战争、宗教活动、政治经济活动、传染病等，自然发生的矛盾与冲突包括自然灾害、天气变化、动物活动等。《被采访者：我为什么要研究麦哲伦企鹅，我当初是怎么想的》是截取纪录片片段创作的搞笑短视频，其中麦哲伦企鹅不断发出叫声打断被采访者的冲突情节使短视频变得更加搞笑，带给观众无限的欢乐。

（3）道具事物

道具事物分为人造物和自然物。人造物包括断裂的绳索、电线等，自然物包括桃毛、巨石、蚊虫等。例如多数记录跑酷的短视频无文案，跑酷者通过奔跑、跳跃等一系列高难度动作降落到安全的平面上，跑酷道路的危险性与跑酷者安全落地形成了冲突，这也让观众不由得为跑酷者捏一把汗。

5.2.3 塑造人物

人物是短视频剧本中不可或缺的重要元素之一，塑造得好的人物可以促进主题的表达，成为短视频有代表性的符号语言。优秀的人设通常能给观众带来价值，比如治愈价值、指导价值、分享价值、猎奇价值等。

因此，前期打造人设时要尽可能全面，甚至可以编写一些人物小传。同时，大多数的人设并不是凭空捏造的，多数情况下会带有创作者的影子。人往往会认可与自己有相似情绪、观点、经历、态度、信念的人物，创作者如此，观众亦如此。

1. 人物性格

短视频中或许不会体现出人物性格形成的前因后果，但其性格应符合相关设定。表5-3大致归纳了人物的各种性格，其中，积极性格能够帮助人物得到他所需要的，消极性格则会阻碍人物的成长，这两种性格可以随着情节的发展相互转化。通常来说，人物是兼具两种性格的。

表5-3　　　　　　　　　　　　　　　　人物性格表

积极性格			消极性格		
和善	公正诚实	感恩	焦虑	忧郁	肤浅

续表

积极性格			消极性格		
关心集体	热爱生活	思想开放	自私自利	贪心	懒惰
友爱	幽默	好奇	喜怒无常	冷漠无情	保守
坚强	自强不息	有礼貌	自大	爱生气	卑鄙
守纪律	尊重他人	助人为乐	无趣	爱使用暴力	愚昧
开拓进取	执着追求	勇敢	死心眼	道德败坏	感情用事
自制	虔诚	谦逊	颓废	玩世不恭	善妒
勤俭	正直朴实	谨慎	闲散	没有目标	软弱
踏实	审慎	有领导力	缺乏耐心	轻率	浮躁
懂合作	坚韧	温文尔雅	执拗	敏感多疑	多愁善感
宽容	……		急躁好胜	……	

2. 形象特色

短视频人物的形象特色是其给观众留下的第一视觉印象，可以非常直观地展现出人物的性格、身份等，甚至可以成为该账号的视觉符号。

人物的穿着打扮、妆容特征、饰品搭配、整体风格都反映其形象特色。穿着打扮可以细分为运动风、职业风、校园风、居家风、中性风、古风等，妆容特征包括欧美妆容、韩式妆容、日系妆容、中式妆容等，饰品包括口罩、眼镜、唇钉、帽子等，整体风格可以细化为性感、"腹黑"等。如"剑客范十三"每次在短视频中出现时基本上都搭配一身黑衣、一个黑色口罩和一把剑；"自来卷三木"往往顶着一头卷发；"聂小倩她老板"出镜时都会化"辣妹"妆容，留着长长的美甲，穿搭性感。

3. 语言风格

大多数短视频中都不可避免地需要出现对白或旁白等，每个人物所形成的独一无二的说话方式就是他的语言风格。

语言风格体现在口音、嗓音、语法习惯、用词、固定的问候语或结束语等方面。通常来说，语言风格设计好后，在后续制作的短视频中都是基本保持不变的，个别方面可能会根据实际情况稍做修改。如"巴黎小郭郭"的每一期视频的开头都是"哎，你们知道吗？千万别在法国……否则你可能……"，甚至每一期短视频的背景音乐都是相同的。这种语言风格的设计非常具有代表性和吸引力，观众看得多了就会留下深刻的印象，仅仅听到这句话就能反应过来这是在巴黎开刀削面馆的一家人的视频，从而开始好奇新一期的内容，并持续关注该账号。

4. 身份

身份设定可以使人设更加完整。打造人设时，可以从人物的职业和爱好上挖掘，完善人物的发展经历和生活状态。对于自媒体博主的人设来说，人设与自身实际相差太大会有"翻车"的可能，因此自媒体博主应尽量使人设贴合自己的真实身份，在自己感兴趣的领域垂直探索，毕竟只有自己真正感兴趣的、符合实际生活的设定才能使自己持续稳定地输出。

5. 反差感

反差感不是人设必须具备的，但是一定的反差感会使人设更具吸引力。反差感的设计可以从人设的任何方面着手，无论是性格、职业、外形，还是声音、动作、语言，只要能让人眼前一亮的都是好的设计，等。

总之，为短视频塑造人物时，尽可能结合上述5个方面，这样就可能塑造出各种各样非常独特的人物。在剧本创作过程中也可以不断地加入新想法，删减某些不必要的人物设定。

5.2.4 丰富细节

有句话说得好："细节决定成败。"短视频的细节越丰富，故事的叙述就越真实，观众的体验就越好。这里的细节包括文案撰写、场景布置、演员表演设定和剧本拍摄清单。

1. 文案撰写

短视频的文案（也可以叫作台词）主要包括旁白、独白与对白等，其目的是辅助观众理解短视频的内容，增强吸引力和增加记忆点。在撰写文案时要注意所选的主题与短视频的受众群体，尽量形成符合主题或账号风格的文案，如新闻类短视频文案不可过于粗俗和娱乐化，面向青少年群体的短视频则要尽量避免出现生涩难懂的术语。

文案的撰写也要与前面所讲的三幕结构结合起来，分成前、中、后3幕来写。第一幕要注意发挥"黄金3秒"的重要作用，文案要精简且具有吸引力。第二幕是故事叙述的主要部分，在这个部分可以极大地展现个人风格，用有特色的语言来促进故事的发展。第三幕是高潮/结局，内容不宜过多，但需要在恰当的部分升华主题，传达正向的价值观。

"邱奇遇"的短视频文案写得非常精彩，其特色就是用充满温情的话语营造带一点幽默的意境。《在国外，我成了父亲的翻译。可我出生时，父亲帮我翻译过世界》的文案如下。

（第一段）父亲站在新加坡街头，那一刻，脸上有了局促之色。

（第二段）公交站牌上的字满目"天文"，想要得到帮助却又不知道如何开口去问。

父亲就追着我步步紧跟。

地铁里为了分辨路线，我快走了几步在最前，父亲一脸惊慌追上我的时候，我恍然，语言是跨不过的天堑。

在遥远的城市，父亲的世界开始重置。

不同风格的楼宇拔地而起，仅仅用几个字，世界让他束手就擒。

我开始教他认路。

看不懂地图，他也需要散步。

毕竟从出生那时起，我对这个世界陌生无比，是父亲做了我的翻译。

父亲说话时藏起了浑厚的语气，还有他英勇果敢的胆识。

直到有天早上他敲开了我的房门，还带着一堆零食。

　　　　我的妈妈拍下了勇敢的父亲，他连比带画给我带回了好吃的。

（第三段）我还是他会用零食去哄的孩子。

　　　　他，还是我的勇士。

　　　　语言是跨不过的天堑。

　　　　那天，爱，超越了语言。

　　此外，文案字数对短视频的时长有很大的影响。一般来说，语速较慢的文案每分钟220~259字，语速正常的文案每分钟260~300字，语速较快的文案每分钟301~350字。

2．场景布置

　　一般来说，短视频的场景设计体量较小，只需要打造对应的场景风格和摆放相关的道具即可。场景风格包括欧美风、复古风、韩式风、科技风等，配套的道具通常是小规格的生活用品。在"童年时光机qx"关于20世纪80年代小卖部的短视频中，场景里常搭配报纸、怀旧小零食、年代感海报，柜台布置于商品架前侧，隔开了顾客和小卖部店主，这还原了20世纪80年代的小卖部氛围。此外，根据短视频的主题，场景布置中还需加入相关元素，如美食类短视频常搭配锅碗瓢盆，音乐类短视频常搭配乐器、乐谱，健身类短视频常搭配健身器材或优质的环境，等等。

　　场景布置中还可以设置特定的符号，场景符号的重复出现可以润物细无声地推动情节发展、点明主题和深化人物形象，潜移默化地展现短视频的主题和主旋律。场景符号包括物品、音乐、颜色、语言、灯光、蒙太奇等。

　　场景布置不是短视频必要的创作元素，如旅行类短视频可以直接在户外取景。总之，场景需符合短视频的风格，为人物演绎与剧情推动营造合适的氛围。

3．演员表演设定

　　在短视频前期剧本的创作中，创作者可以预期性地写出演员理想化的表演效果。主要的表演设定分为表情设定和动作设定。在实际拍摄中，演员自发的表演设计或许会比预期效果更加出彩。

4．剧本拍摄清单

　　短视频的剧本拍摄清单需汇总文案、脚本、道具材料、拍摄地点等内容，脚本中需以列表的形式梳理镜号、画面、景别、时长、内容、台词字幕、声音、场景、备注。

　　在前期准备中，剧本拍摄清单梳理得越细致、越清晰，短视频的拍摄难度就越小，拍摄时对剧本的理解和诠释就会越充分，后期的剪辑制作也会越容易。

5.3 写作策略

　　随着移动互联终端的蓬勃发展，短视频平台在近年来呈现爆炸式增长的趋势。要想使自己创作的短视频在众多短视频中脱颖而出，除了需要在短视频内容上花心思，紧随时代潮流，把握最新的创作方式，更应对剧本进行革新，探索短视频剧本开发的创新策略。

5.3.1 引入虚实结合的元宇宙时空

元宇宙是科技领域热门的新名词，其可以被简单理解为现实个体与虚拟世界进行交互活动的沉浸式数字空间。短视频剧本通过虚实结合的传播生态可以获得更多的活力，其创作特色包括虚拟人设和场景、视听虚拟互动影像。

1. 虚拟人设和场景

短视频剧本中的虚拟人一般会被赋予现实中的人物形象和身份背景，以使虚拟形象接近真人，如活跃于各大平台的ACE虚拟歌姬、AI克隆人、Caryn AI等。这些虚拟人的外表通常十分精美，内在功能也千变万化，主要是结合人工智能、语音合成、动作捕捉等技术设定的，以这种虚拟人为主角的短视频较容易吸引年轻用户观看。

短视频剧本中的虚拟场景创作需要结合较强的三维观念和先进的设计思维。"元宇宙研究室"的旅游系列短视频展现了诸多虚拟的中国城市和社交活动空间，如《元宇宙旅游VR带你逛成都》《在元宇宙逛沃尔玛是什么体验?》等。这类短视频中构建了新潮的元宇宙视觉体验，表达了正向的虚拟世界观，通过数字化的实景视觉设计语音报站和画面转换让观众感受元宇宙城市的魅力，实现了虚拟世界与现实世界的高度融合，如图5-4所示。

图5-4　元宇宙城市

2021年10月31日，抖音上出现了一名"现象级"虚拟博主——柳夜熙。在第一条视频发布后的6小时内，她的粉丝数就突破了10万，30小时内粉丝数达130万，她仅凭一条视频就涨粉400多万。柳夜熙是一个会"捉妖"的虚拟美妆博主，剧本主线是她来到现实世界寻找作乱的十二地支虚拟芯片人，拯救被困在虚拟世界中的人类，维护现实世界的和平与安宁，同时也对人情冷暖有了新的感悟。在她的设定中，古代东方元素与未来感、科技感元素相结合，这使她极具吸引力，如表5-4所示。

| 表5-4 | 柳夜熙人物小传 |

人物形象	人物小传
	女，出生年月不详，真身是鹤。 虚拟美妆达人，会"捉妖"，性格开朗，沉稳中带有一丝小俏皮。 柳夜熙喜欢化唐妆风格的妆容，充满东方色彩，但也会搭配"赛博朋克"风格的荧光妆饰。鹅蛋脸、丹凤眼、柳叶眉、花瓣唇、两颊贴花钿，温柔中带着一丝侠气。穿着大气古朴，以中国传统服饰为基础，但有一定的时尚化改良。日常出行习惯携带一支毛笔，这是她施术的法器。 柳夜熙被选中去寻找藏在脑机接口中的阴谋，收回与十二地支相对应的芯片。在这个过程中，她逐渐地成长起来，感悟到现实与虚拟的相对关系和意义。 柳夜熙明白虚拟的想象即使再真实也是虚幻的，生命只有回归现实才能改变现实，才能奔赴更美好的人生。她勇敢、聪慧，帮助了很多现实中的人类，也进一步领会了人间百态，在现实与虚拟世界之间更加游刃有余

《请注意，每个人都是行走的颜文字，会传染的那种》剧本中设定了连接现实世界与虚拟世界的地铁车厢，虚拟人和真实的人都可穿梭于多个时空。柳夜熙在坐地铁时探测到车厢内的负面情绪，听障小女孩却通过柳夜熙的超强能力看到了炫酷的颜文字场景，有趣的景象令她笑出了声，快乐的积极情绪也瞬间传递给车厢内的每名乘客。表5-5所示的分镜头脚本（节选）结合了虚拟人设和场景。

表5-5　《请注意，每个人都是行走的颜文字，会传染的那种》分镜头脚本（节选）

镜号	画面	景别	内容	台词	声音	时长/秒	场景
1		中远景	一个红衣女孩向妈妈做了嘘声的手势和一段手语	"妈妈，他们，生气，为什么?"	车厢里吵嚷的声音→无声音	9	地铁车厢内
2		中近景	妈妈正要用手语回答女儿，就看到柳夜熙蹲下来用手语回答她	"他们没有生气。"	无声音→悬疑音效	7	
3		特写→远景	柳夜熙拿出笔，在女孩面前画出彩色的线，女孩眼前的景象变了，每个人头上都有一个颜文字		科幻音效	4	

续表

镜号	画面	景别	内容	台词	声音	时长/秒	场景
4		特写	大胡子男穿着恐龙服，面前出现火焰样式的颜文字	"你说，你怎么补偿我？"	神秘的背景音乐	2	颜文字地铁车厢内
5		特写	眼镜男没了眼镜，顶着爆炸头畏畏缩缩地回答	"我找个裁缝，帮你补一下？"		5	
6		近景	两人听到笑声后，惊奇地偏过头，视线一转		笑声+地铁运行声	3	
7		特写	红衣女孩被眼前的景象逗笑了，发出悦耳的笑声		笑声+地铁运行声	2	
8		中远景	女孩妈妈见状连忙用手语道歉	"对不起，她听不见。"	地铁运行声	3	
9		中景→中近景	大胡子男向母女俩笑笑，然后收敛笑容并转过身去，没再理会道歉的眼镜男，继续打电话	"抱歉。"	笑声+幽默的背景音乐+地铁运行声+报站声	8	地铁车厢内
10		中近景	地铁一个急刹车，眼镜男没有站稳，将大胡子男裂开的袖子全部撕扯下来。两人瞪大眼睛对视着		急刹车声+撕扯声+幽默的背景音乐+报站声	6	

续表

镜号	画面	景别	内容	台词	声音	时长/秒	场景
11		中近景 → 近景	车上的人都忍不住笑起来			3	
12		中近景	大胡子男无奈地摇摇头，拿下自己的袖子递给眼镜男	"你很喜欢我这袖子是吧？呐，送给你。"	笑声+舒缓的背景音乐	5	地铁车厢内
13		近景	地铁上的人们见状，都露出了笑容。大胡子男搂住不好意思的眼镜男，也笑了起来			8	
14		中景 → 远景	车厢的景象慢慢变得数字化	"柳夜熙，恭喜你升级成功。"	舒缓的背景音乐+科技感音效	6	数字空间
15		特写 → 中景	柳夜熙站在元宇宙中笑着	"会传染的也可以是美好。"		3	元宇宙中

　　柳夜熙的系列元宇宙剧本选题善于运用热点，内容逻辑性强，画面酷炫精致；善于从生活中的热点话题出发，传递正能量。此外，该账号还擅长与国潮品牌、短视频创作者、虚拟

演员等联动，如与康师傅茉莉清茶的联动以茉莉花香承载的回忆为主题、与慧慧周的联动以社会热点话题为主题、与虚拟演员拾忆的联动以剧组选角为主题等，如图5-5所示。在系列剧本的创作中，柳夜熙习惯在上一期短视频的结尾留下悬念，以引出下一期的内容，增强用户黏性。

图5-5　柳夜熙账号的联动

2. 视听虚拟互动影像

视听虚拟互动影像剧本中可以设置选项，打造360°的独特全景视听效果，增强观众与短视频的互动性，提升观众的参与感。裸眼VR短视频可使观众如身临其境般沉浸在三维的、可互动的虚拟世界中。如"360°全景视频科技"的裸眼VR短视频增强了科普、风景、娱乐等多种主题内容的观赏性，给观众带去绝美的视听感受，如图5-6所示。

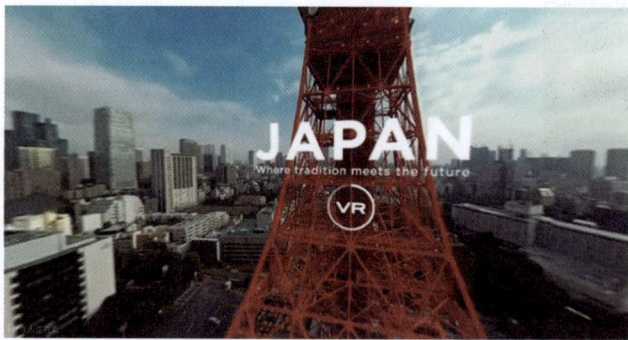

图5-6　"360°全景视频科技"的裸眼VR短视频

在剧情互动VR短视频剧本中可以增设不同的选项，以引出不同的结局。如"泠鸢yousa创作组官方号"在B站发布的《【360°全景VR互动】我变成了一只猫和虚拟主播的一天是怎样的感受》，通过猫的第一视角全方位探索虚拟主播的卧室，其文学剧本（节选）见表5-6。整个剧本被不同的选项分割成了多个部分，观众可以沉浸式体验不同的剧情，互动感和娱乐性十足，这种互动剧本的写作格式也和前面讲的分镜头脚本稍有区别。

表5-6　　《【360°全景VR互动】我变成了一只猫和虚拟主播的一天是怎样的感受》
文学剧本（节选）

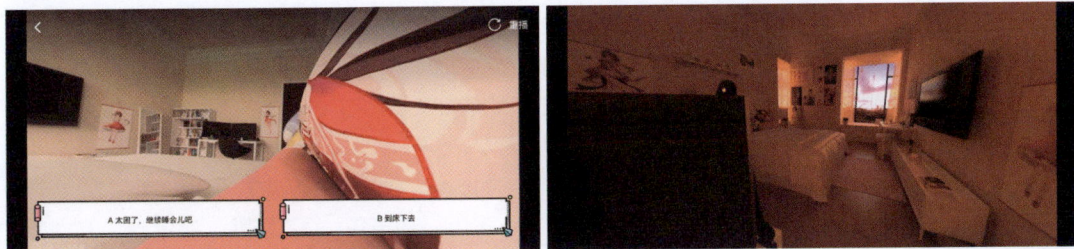

睁开眼睛，我变成了一只猫。四周没有人，光线昏暗。于是我趴在软乎乎的大床上又睡着了。

标题：我变成了猫和yousa的一天

再次睁开眼睛后，天已经亮了，我趴在床头看着熟睡的yousa。

我：喵——

yousa：（从梦中醒来，支起身子，伸手摸我的小脑袋）嗯？嘿，你是从谁家来的呀？（笑眯眯）看起来只是只好猫，不咬人。（yousa边伸懒腰边坐起来，走下床回头看着我说）你饿吗？等我一下哦。（开门走出房间）

我：喵喵——（回应yousa的问题）

yousa：（声音从门外传来）应该不会乱抓东西吧……

选项A 太困了，继续睡会儿吧		选项B 到床下去
房间里的光线暗了下来，小鸟在窗外欢快地叫		我跑到了地毯上，yousa哼着歌朝我走来。 我：喵—— yousa：（走到我身前俯下身）嘿嘿，小朋友，要不要来一点泠鸢同款甘露啊？ 我：喵—— yousa：来一口，（摸摸我的下巴）来一口，（摸摸头）咦。（将吃的伸过来） 我：（狼吞虎咽地吃起来）嗯…… yousa：（摸摸头）应该不烫吧。 yousa不停地摸我的头，我发出了舒服的呼噜声，继续狼吞虎咽地吃起来。 yousa：（哼歌） yousa沉浸地摸着我的脑袋，突然，一阵喧闹的闹铃声吓了她一跳，她连忙回头看去。 yousa：啊！忘记今天要出门了。（把甘露放在脚边）来，放在这个地方，你自己慢慢吃吧。（挥手） 我：喵——。（失落） yousa：（边走边说）是不是要买个猫罐头呢？
选项A 喝了牛奶困了，继续睡	选项B 在窗台上等着	选项C 在书架上趴着
再次睁眼时天已黑了，yousa在我旁边玩手机。镜头缓缓上移。 我：喵—— yousa：（边玩手机边说）手好酸啊，（听到我的叫声说了声"嗨"，然后开始打哈欠，放下手机，看向我）好啦，睡觉吧	夕阳西下，窗外粉色与橙色的光线交织，与高楼大厦交相辉映。房间内只剩我趴在窗台上与落霞相伴。终于，等到yousa回来了	夕阳西下，窗外粉色与橙色的光线交织，与高楼大厦交相辉映。窗外鸟叫声此起彼伏，房间内只剩我趴在书架上与夕阳相伴

	yousa:（打开门向我走来，在我面前俯下身来摸头）摸头，摸头……抱一抱没有捣乱的猫咪……（将我举起来抛向空中）我：喵——yousa:（笑眯眯）你看，好漂亮的夕阳啊！我：喵——yousa:（将我抱在怀里）猫看到的夕阳和我看到的夕阳是一样的吗？我爬回窗台上。yousa:爬吧，爬吧。（眼睛弯成了月牙）	**选项A 天色渐晚**　yousa在两台计算机前，用一台播放大熊猫宝宝玩耍的视频，用另一台聊天。yousa:（拿起盘子里的饼干吃起来）啊呜~ 我：喵——yousa:嗯？（看向我）你想吃？（将饼干伸到我面前）这个？啊？猫也喜欢吃这个？欸，猫不能吃这个的。（收回手继续吃）我：喵……yousa:最后一块。（拿起盘子里剩下的一块饼干继续吃）突然响起了视频电话声，yousa看熊猫宝宝看得入迷，指着屏幕哈哈大笑	**选项A 在窗台等着**	**选项B 在书架上趴着**	**选项C 回床上玩一会儿**		
我的视线慢慢模糊，屏幕上出现了大大的"晚安"			（同相同选项剧情）	（同相同选项剧情）	房间里的光线暗了下来，小鸟在窗外欢快地叫		
			选项A 天色渐晚	**选项A 天色渐晚**	**选项A 喝了牛奶困了，继续睡**	**选项B 在窗台上等着**	**选项C 在书架上趴着**
			（同相同选项剧情）				
			选项A 出门看看	**选项A 出门看看**	滚动字幕结束	**选项A 天色渐晚**	**选项A 天色渐晚**
			（同相同选项剧情）			（同相同选项剧情）	
	选项A 天色渐晚					**选项A 出门看看**	**选项A 出门看看**
滚动字幕结束	（同相同选项剧情）		……	……			
	选项A 出门看看						
	……						

5.3.2　竖屏画幅的视觉表现

由于移动媒体环境技术和社交网络的普及，竖屏画幅得到了更好的运用。竖屏短视频具有视觉习惯性与主体中心化的特点，因此，创作者在创作短视频剧本时要打破固有的剧作思维，重新寻找符合竖屏画幅的叙事镜头和构图方式。

《在你的镜头中，万物都是我爱的样子》中用的竖屏画幅相对狭窄，这在构图上更适合突出画面主体，增强纵深感和临场感。这样的画面因更具亲近感，对人物的表现力要求更高，观众对细节的关注也会更多。

场景1 海边 白天 外 ▼

女主角身着婚纱，手拿捧花站在海岸边的礁石上，望向远方。

旁白：我们的故事最遗憾的地方，是结婚后我才爱上他。

场景2 餐厅 白天 内、外 ▼

女主角坐在餐桌上与相亲对象尴尬地吃饭聊天，略显窘迫。

画面一转，两人穿着婚服结婚了，男主角满脸欢喜，女主角则有些木讷地进行结婚仪式。两人在亲友的簇拥下走到婚车边。

男主角开心地为女主角打开车门。

旁白：起初仅仅是因为不想当大龄剩女，委曲求全，嫁给了眼前这个看似平凡无奇的男人。

场景3 码头边 白天 外 ▼

男主角在码头边为女主角拍照，嘴角扬起。

男主角按下拍摄键，拍下了女主角从容大方的样子。

旁白：没想到他喜欢拍照，这个再简单不过的习惯，却拯救了我们的未来。

男主角拍摄的女主角的影像不断转换，女主角越来越欢乐。

旁白：在他记录的影像里，我们的生活变得越来越好，我的笑容也越来越多。朋友都说，我的鱼尾纹都是笑出来的。

场景4 海边 傍晚 外 ▼

女主角一个人坐在海边的长椅上，看着手机里的照片若有所思。

回想起结婚那日自己面无表情的尴尬样子和男主角满脸开心的表情，画面变成了灰色。手机上的结婚照慢慢被放大，女主角看着自己当时毫无波澜的表情，这和男主角的表情形成了鲜明的对比。

旁白：只是，每当看到自己当年在婚礼上无精打采的样子，总觉得亏欠他。

男主角穿着结婚时的西装羞涩地走上海边的礁石，走向捧着玫瑰身着婚纱的女主角。

旁白：于是，有一天给他准备了一个惊喜——穿上一身漂亮的婚纱。

女主角举着手机满脸幸福地笑着给男主角拍照，照片中的男主角笑得很灿烂。

两人相拥，拿起手机来自拍，都露出了甜蜜的笑。

旁白：这一次，我要用vivo S5记录我们幸福的模样。

从剧本的叙事表现力上来看，上述剧本的故事风格更偏向生活化，注意情感表达，专注于人物的塑造和细节的展现，强调捕捉人物的动作和面部表情，因此，更适合采用竖屏画幅进行表现。同时，第一人称的叙述视角也很适合用竖屏画幅表现。此外，竖屏画幅能够给观众带来身临其境的感受，让观众代入主角的身份，提高剧情的可信度和观影的沉浸感。

从镜头感来看，很多以相机的视角构图，从海边的大全景、全景再到中近景、特写的角度，符合竖屏制作要求。上述剧本基本以固定镜头和画面中人物不太明显的运动为主，微微晃动的中近景镜头则拉近了观众与剧中人物的距离，能在情绪达到高潮时引起观众的共鸣。

5.3.3 独具特点的视听技巧

对于短视频剧本开发，创作者除了跟随时代潮流和进行技术创新外，还可以从视听语言的角度思考。本小节将从声画组合技巧和主客观融合两个方面探索短视频剧本创新的方法。

1. 声画组合技巧

声画组合技巧是指短视频中视觉要素（图片、视频、文字等）与听觉要素（台词、音乐、音效等）的蒙太奇技巧。与传统视频的剧本不同，短视频剧本中独特的视觉要素包括标签、简介、弹幕，听觉要素则更适配旁白和音乐。因此，在设计短视频剧本时要善于利用这些特点，灵活地使用声画组合技巧，为短视频增光添彩。《土耳其瞭望塔》是一部十分经典的旅行短片，于2014年发布后获得了热烈反响，是一部集丰富内涵、变速运镜、文字元素、丰富节奏于一体的声画组合的城市印象片。《土耳其瞭望塔》的分镜头脚本（节选）如表5-7所示。

表5-7 　　　　　　　　　**《土耳其瞭望塔》的分镜头脚本（节选）**

镜号	画面	景别	内容	台词	声音	时长/秒	场景	备注
1		大全景	镜头晃动，拍摄到在房顶上敲砖的工人，然后镜头上移，车窗样的前景遮挡了视线			1		跟随音乐卡点，根据音乐表现的情绪，选择合适的运镜与衔接手法
2		远景	镜头仰拍土耳其建筑的顶部和天空	无	音乐 Einaudi: Experi-ence	1	户外路边	
3		特写	镜头右移，扫过飘动的旗帜，移向天空中飞翔的鸟群			0.5		
4		远景	镜头随着鸟群向右移动，鸟群在瞭望塔顶盘旋			0.5		

续表

镜号	画面	景别	内容	台词	声音	时长/秒	场景	备注
5		近景	镜头围绕着塔身旋转，天空、鸟群都随着镜头旋转	无	音乐 Einaudi: Experience	1	户外路边	

上述剧本灵活运用了一系列转场手法：从在车内看工人敲砖到在车外仰视楼顶，再从楼顶的旗帜到空中的鸟群连续前景遮罩转场；不同年龄人物面部的连续拉镜头相似物转场；从小狗跳栅栏到小猫向下跳，再到人跳入水中的相同运动方向素材匹配转场，等等。上述剧本的镜头衔接十分连贯，节奏感十足，灵活地运用了声画组合技巧，让画面和声音发挥出最大的作用。

在文字与情节上，全片没有台词，也没有字幕，只在结尾处显现了标题、导演等信息，给观众留下了想象的空间，使观众对土耳其充满向往，如图5-7所示。

图5-7 《土耳其瞭望塔》

此外，这部旅行短片的剧本在内涵上也是很深刻的，不同的人对它有不同的解读：有人从中读出人一生的经历，有人从中看到了当代土耳其的社会百态，有人则被土耳其纯粹的美景所感动。《土耳其瞭望塔》开拓了短视频创作的新领域，为后续的短视频剧本视听创意设计提供了借鉴，鼓舞了后来的短视频创作者探寻声画创意新技巧的信心。

2. 主客观融合

在短视频剧本中，主客观融合既可以指主观镜头和客观镜头的灵活结合，也可以指主观思想和客观思想的有机融合。只要能够合理地运用主客观融合技巧，就能让短视频收获意想不到的反馈。

（1）主观镜头和客观镜头的融合

这里以《见面三次，就约会吧》为例进行讲解，其分镜头脚本（节选）见表5-8。

表5-8 《见面三次，就约会吧》分镜头脚本（节选）

镜号	画面	景别	内容	台词	声音	场景	时长/秒	备注
1		中景	男生看着手机里的照片，笑着对女生说："我们已经见过三次了。"然后他将手机递了过去，女生疑惑地接过手机看起来	"我们已经见过三次了。"	说话声＋音乐声	海边长椅上	1	
2		特写	女生接过手机，放大里面的照片——是男生拍照时自己从他后面走过的场景		音乐声		2	
3		特写	画面闪回到拍摄照片那天的景象，路人拿着男生的手机帮忙拍照，男生摆好拍照姿势		闪回音效＋音乐声		1.5	
4		中全景	男生边比手势边朝着镜头笑，女生喝着奶茶从后面走过。拍照的人对女生说："不好意思，可以让一下吗？"男生好奇地回过头去，女生点点头说："不好意思。"男生摆摆手说："哦，没关系，随便拍。"	"不好意思，可以让一下吗？""不好意思。""哦，没关系，随便拍。"	说话声＋音乐声	街边	9	
5		中景	画面闪回到现在，女生拿着手机笑起来		音乐声	海边长椅上	2	

　　主客观镜头融合至少会进行3次镜头转换——"主—客—主"或"客—主—客"。上述分镜头脚本就采用了以主观镜头为主的转换组合，这可以激发观众的好奇心，让观众更加沉浸于这段恋爱故事。以客观镜头为主的转换组合则可以提供更多的故事信息，使观众更加理性，但与主观镜头相悖的画面会令观众感到兴奋。主客观镜头出现次数相同的转换组合则更

具平衡感，镜头的转换能推动情节和气氛的发展，激发观众对后续情节的期待。

（2）主观思想和客观思想的融合

剧本想要传达的思想除了来源于画面和声音，还可能来源于文字元素，这些文字元素的出现依托于剧情的发展，既可能来源于创作者，也可能来源于观众。因此，在合适的时机搭配画面和声音并融入文字元素能够为短视频带来积极的影响。

源于创作者的文字元素是主观思想，其包括简介、标签和视频中的标题与字幕。这些文字的作用是辅助观众更好地理解情节，更好地吸引目标用户。

源于观众的文字元素是客观思想，分为主动评论和被动评论（评论引导）。在个别短视频平台中，观众除了可以自主发送评论（包括语音评论），还可以在关键情节回答创作者提前设置的引导问题，观众的回答会转换成弹幕，此时画面中还会显示选择不同结果的人数比例。在合适的时间进行评论引导会增强短视频的互动性和观众的参与感，甚至激发更多的讨论，从而增加短视频的流量。

主观思想和客观思想的融合与碰撞在短视频中十分常见，除了观众自发的评论无法控制，其他的观点主要是通过创作者的引导而产生的。因此，在剧本创作阶段就要初步设计好思想的流露点和引导点，尽可能达到主观思想和客观思想的自然融合。

📑 5.4　课后习题

1. 分析与"新农人计划2023""乡村守护人"等话题有关的短视频剧本的创作特色。
2. 你如何看待在短视频剧本中应用人工智能元素？

6

CHAP
TER

第6章

交互游戏
剧本创作

▶

学习要点及目标：

1. 了解交互游戏剧本的主要成分；

2. 掌握交互游戏剧本的写作元素；

3. 熟悉"剧本杀"的写作策略。

核心概念：

世界观；选项；"剧本杀"；核诡。

微课视频

　　交互游戏是目前市场上非常受欢迎的一种游戏，玩家通过简单的操作就可以控制自己的角色，抑或是点击不同的物品进行解谜。交互游戏剧本与其他类型的数字短片剧本的区别在于：要围绕游戏策划书的主旨进行创作，与游戏中的其他元素保持统一性。

　　交互游戏剧本是给开发人员看的，所以，交互游戏剧本需要明确区分登场人物的台词与其他描写部分，比如指定时间与地点，在写作格式中需要指定消息显示速度、动画、影片，区别背景CG（Computer Graphics，计算机图形学）与事件CG等细节。接下来将以夏目漱石的《梦十夜》为例，展示原小说、改编的文学剧本和交互游戏剧本三者的区别（图6-1）。

原小说

我做了一个梦。
梦中，我抱臂坐在枕边，身边仰面躺着一个女人。她用平静的口吻讲述着自己死期将至。女人一头长发披散在枕上，轮廓柔婉的瓜子脸卧于其中。雪白的脸颊中恰到好处地透着温温血色，嘴唇自然也是鲜红的——怎么看都不像将死之人。然而，她刚刚用平静的语调断然说着自己死期将至。我也对此毫不怀疑。我探过身子，低头俯视着她，问："是吗，就要死了吗？""当然。"她说着，忽然睁开了双眼。那是一双莹润的大眼睛，两排长睫毛之间一团漆黑，漆黑的眸子中鲜明地映出了我的样貌。

文学剧本

男：我做了一个梦。

晚上，一间屋子里。
男人双手抱臂坐在枕边。
床上仰面躺着一个女人。
女：（语气平静）我就要死了。
男：（独白）女人一头长发铺散在枕上，轮廓柔婉的瓜子脸卧于其中。雪白的脸颊中恰到好处地透着温温血色，嘴唇自然也是鲜红的——怎么看都不像将死之人。然而，她刚刚却用平静的语调断然说着自己死期将至。我也对此毫不怀疑。

男人探过身子，低头俯视女人。

男：是吗，就要死了吗？

女人睁开眼睛。

女：当然。

男：（独白）那是一双莹润的大眼睛，两排长睫毛之间一团漆黑，漆黑的眸子中鲜明地映出了我的样貌。

交互游戏剧本

CG01 "黑屏"

我做了一个梦。▼

CG02 "房间（夜晚）"

我抱臂坐在枕边。▼
被窝里仰面躺着一个女人。▼

CG03 "躺着的女人"

她平静地说。▼
女：我就要死了。▼

BGM01 开始

女人一头长发铺散在枕上，轮廓柔软的瓜子脸卧于其中。▼
雪白的脸颊中恰到好处地透着温温血色，嘴唇自然也是鲜红的。▼
怎么看都不像将死之人。▼
然而，她刚刚却用平静的语调断然说着自己死期将至。▼
我也对此毫不怀疑。▼
于是我探过身子，低头俯视着她，问：▼

CG04 "女人闭着眼的俯视照"

男：是吗，就要死了吗？▼

动画：CG04 "女人闭着眼的俯视照"中的女人睁开眼睛

女：当然。

图6-1 《梦十夜》原小说、文学剧本和交互游戏剧本的区别

6.1 剧本主要成分

　　交互游戏剧本有4个主要成分：主题、故事、角色和世界观。这4个主要成分的创作是同时进行的，而且与其他类型数字短片剧本的相同成分相比有不同的特点。例如在考虑世界观时也要考虑角色设定，思维要在这4个主要成分之间来回跳跃。

6.1.1 主题与故事

1. 主题

交互游戏剧本的主题在赋予游戏方向的同时，也要能吸引玩家。主题可以分为两种类

型："用一个词来表达"的主题与"用一个长句来表达"的主题。

"用一个词来表达"的主题通常会使用某个范围较大的词语，比如"亲情""友情""爱情""复仇""文明"等，以便扩散内容。以游戏《文明帝国6》（图6-2）为例，"文明"这一主题就为游戏赋予了方向：玩家要建立一个"帝国"，并接受时间与战争的考验。

"用一个长句来表达"的主题与广告语有点接近，通常以陈述句或疑问句来呈现，比如"在星际飞驰的列车"或"未来还有什么在等着我?"。以《原神》（图6-3）为例，玩家的身份是旅行者，游戏主题是"旅行者，你将去往何方?"。这能够引发玩家对游戏内容的猜想：是要在这块大陆上探索吗?

图6-2 《文明帝国6》

图6-3 《原神》

2. 故事

交互游戏剧本的主题设定后，创作者需要考虑如何向玩家讲述主题，即如何构建故事。

从设定主题到创作故事，首先需要考虑"主题当中是否包含游戏目的"。以《文明帝国6》为例，其主题"文明"并不包含游戏目的，所以创作者需要把游戏目的与主题联系在一起，如"文明如何建立与发展"。

其次需要考虑"主题是否足以创作故事"。一般情况下，将游戏目的与主题联系在一起后，故事自然而然就能创作出来。此时，主题对游戏目的起到补充、强调的作用，能够与游戏目的产生更牢固的联系。若在主题与游戏目的并没有联系起来的情况下创作交互游戏剧本，会出现一个令人讨厌的现象：越追求主题，就会越偏离游戏目的。

若已有主题和游戏目的，但创作不出故事，可以采用扩充主题的方法，即给主题添加词语。假设游戏目的是"成为动物画家，为全世界的动物画肖像"，游戏的主题是"毅力"，如果由"毅力"一词想不到故事情节，那么可以将"毅力"扩充成"画家的毅力"，进而发散出"没有毅力当不了动物画家，需要与动物建立友好关系才能绘画"或"寻找珍稀动物的过程很艰难，需要有足够的毅力"等关于故事的想象。

除了上述扩充主题的方法，还有以下4种创作故事的方法。

一是根据主题进行想象。使用该方法时，创作者要考虑主题与故事之间是如何关联起来的。假设一个逃生类游戏的主题是"能逃出满是变异种的森林吗?",这时我们可以联想到"为什么会出现变异种?""为什么只有森林里有变异种?"等,然后结合"逃出"二字联想到"主人公为何会在森林中醒来?"等,从而创作一连串的故事。

二是使用话题库和创意库。该方法的使用与平时的积累有关,它要求创作者时常留心生活,把遇到的能成为话题的主题或者创意及时记录下来。

三是借鉴原型,这是最便捷好用的方法。原型的来源可以是书籍、电影、报纸等。创作者在寻找的过程中会发现,找得越多,新的发现就会越多,这一过程也会越充满乐趣。但要注意的是:使用该方法时不能抄袭,要进行创意借鉴,并进行游戏层面的创作处理。还有一种所谓的"致敬",是使用容易被人们接受的、具有年代感的概念作为创作基础。

故事既可以源于游戏主题的设定,也可以源于角色和世界观的设定,这是第四种方法。假设有角色设定为中年大学新生,这很容易让人联想到"年龄差距大又如何""毅力""梦想"等主题。

3. 表现方法

游戏的主题不能直接写在交互游戏剧本中,而是要体现在故事中。这里列举两种方法:"通过角色的选择与行为表现"与"通过故事的发展表现"。

第一种方法:"通过角色的选择与行为表现"。假设有一个主题为"隐瞒与揭露"的密室逃脱游戏,主人公是一名侦探,接到委托人的任务,来到即将拆迁的古楼里寻找一个红色盒子,并被嘱托找到红色盒子后不能打开。主人公在调查中发现,当年,委托人欺骗爱人一起殉情自杀,但爱人喝下毒药后,委托人并没有一同喝下,委托人在爱人死去后,窃取了爱人的诗集并以自己的名义发表获利,而盒子里装的就是相关的证据。现在,主人公面临着以下选择。

<主人公>接到委托人的电话,让主人公把红色盒子放在古楼外的邮箱中并离开……

选项1:将红色盒子原封不动地放进邮箱▼

选项2:将红色盒子中的物品交给警方,在邮箱中放入空盒子并举报委托人▼

选择选项1即是选择帮助委托人隐瞒真相。这样虽然能达成与委托人的约定,但真相被掩埋,玩家任由委托人为了名利而牺牲一条无辜的生命。选择选项2即是选择揭露真相。无论选择哪个选项,玩家都能够在该游戏中深刻地体会到"隐瞒与揭露"的主题。

第二种方法:"通过故事的发展表现"。接下来将根据上述的假设,继续分析当玩家分别选择了各个选项之后,故事将会如何发展。

选择选项1"将红色盒子原封不动地放进邮箱"后,委托人拿到了红色盒子,看到红色盒子里的物品后,将所有物品销毁,主人公也得到委托人的信任,成为帮凶,随后迎来结局或进入下一关卡。

选择选项2"将红色盒子中的物品交给警方,在邮箱中放入空盒子并举报委托人"后,委托人在疑惑红色盒子中为何没有物品时,被突然出现在家门口的警察带走,这既还给委托人死去的爱人一份清白与荣誉，也使主人公受到表彰，成为小有名气的侦探，随后迎来结局或进入下一关卡。

6.1.2 角色

1. 角色定义

在交互游戏剧本中，角色指的是拥有目的、意志、感情并以此思考和行动的个体。在游戏世界中，角色既可以是人类，也可以是动物、魔物等非人类。

角色的目的、意志、感情和行动是推动故事发展的原动力，不仅要在角色设定中体现，也要在故事中表现。其中，"纠葛"是强烈体现角色目的、意志和感情的有效手段。"纠葛"既可以体现为战斗、竞争和冲突等外在形式，也可以体现为内心的烦恼等内在形式。

2. 角色特点及分析

（1）角色要有魅力且富有个性，以帮助玩家更好地代入。该点讲述的是与角色设定相关的问题。在创作角色时，可以把与角色相关的项目列成一张表，然后在表内逐一填写信息，这张表就是角色设定表。角色设定表能够帮助原画师设计角色形象，其内容包括：名字、年龄、职业、相貌、头发、体格、服装、性格、特技、弱点、口吻、剧本设定等。接下来将以名字和职业为例进行详细分析。

角色名字体现角色特征。比如"小美"这个名字就不太可能是中年男性的名字；如果说"老王"是一名妙龄少女，那也不会有多少人能想象到她的模样。当然，在游戏中有时为了制造反差，会故意给角色起奇怪的名字。

大多数职业会带有明显的既有印象，这反映了一种先入为主的观念。给角色设定职业就是要利用这种观念帮助玩家代入。当然，在职业上也可以制造反差，假设某角色是一名医生，在游戏中则可以将该角色设计成表面光鲜亮丽，但背地里在学习杀人不留痕迹的方法的形象。这样的角色不仅体现了"纠葛"，还能够唤起玩家的诸多情感。

（2）避免角色定位发生重复。该点讲述的是与角色定位相关的问题。角色定位就是给故事中的各个角色分配立场，如主人公、敌人、恋人、家人、动物等。角色定位可以明确角色之间的关系，帮助创作者更好地把握角色的行动。

交互游戏剧本中的角色定位可以分为5种（图6-4）：与游戏系统有直接关联的定位、与主人公对立的定位、与主人公同阵营的定位、给故事带来变化的定位、补充和强化故事的定位。

角色定位可以不止一个：如异性的伙伴角色可以是贤者角色，也能作为主人公在恋爱方面的待攻克对象。除了设置多个角色定位，还可以通过故事的发展让角色定位发生变化，如初次相遇的敌对角色先发展为伙伴角色，又发展为贤者角色。角色定位就像面具，既可以替换，也可以一次戴好几副。

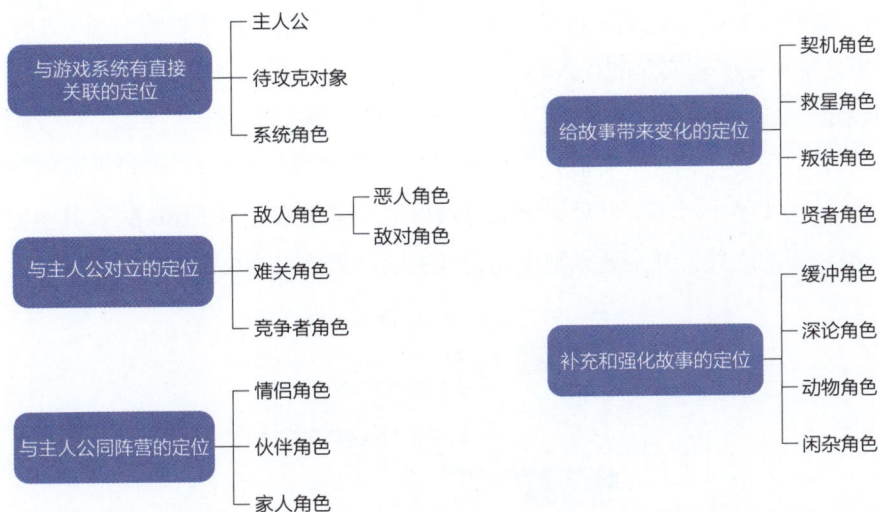

图6-4　交互游戏剧本中的角色定位

（3）角色的目的、意志、感情和行动都要与故事联系起来。该点讲述的是与故事关联性相关的问题。比如伙伴角色在主人公遇到困难时，应帮助主人公，而不是畏缩不前，这违背了该角色的设定和定位。

《原神》迪卢克·莱艮芬德的角色设定如图6-5所示。

迪卢克·莱艮芬德的角色设定	
名字	迪卢克·莱艮芬德
性别	男
生日	4月30日
职业	晨曦酒庄庄主
相貌	有白皙的皮肤，红色眼睛中泛着点点金色光芒
头发	鲜艳的微微打卷的红色长发在身后扎成马尾
体格	成年高个
服装	常穿黑金礼服，里面穿着一件白色衬衣，腰带上悬挂着神之眼，手上戴着外侧黑色、内侧红色的皮质手套，下身穿着一条黑色长裤，右腿围着一圈白色圆环组成的腿饰，穿着有很多扣带的黑色靴子
性格	喜怒不形于色，即便是面对导致自己父亲死亡的仇人，迪卢克的情绪也不会轻易波动。父亲是迪卢克的逆鳞，一旦提到，他就会情绪不稳。父亲的死亡，让迪卢克开始渴望力量，同时骑士团的官僚作风又让迪卢克对骑士团感到失望，他走上暗中保护蒙德城的路，默默付出，不求回报
特技	火属性元素力，双手剑，飞镖
弱点	父亲的经历
口吻	冷静、沉稳：“利落地解决吧。”
剧本上的设定	迪卢克·莱艮芬德自小就被家族寄予厚望，10岁便获得神之眼的认可，14岁就成为西风骑士团史上最年轻的队长，但好景不长，迪卢克的父亲在他18时遇害身亡，骑士团的不公对待让他怒而退团。外出游历4年后，迪卢克回到蒙德城，继承了父亲的酒庄。同年，愚人众带着恶意来到蒙德城，为了守护蒙德城，迪卢克和义弟凯亚开始了行动

图6-5　《原神》迪卢克·莱艮芬德的角色设定

6.1.3　世界观

世界观是人们对整个世界以及人与世界关系的总的看法和根本观点。游戏的世界观不仅仅指背景设定，游戏世界必须让玩家可见、可"触"，能使玩家产生清晰的幻想（不一定完整），这样玩家才能形成"真实"的代入感。

1. 世界设定

创建世界前首先解答"何时""何地"两个问题，其次需要说明这个世界上住着什么样的人、他们过着什么样的生活等。世界设定可以被做成一幅思维导图（图6-6）。其中除了时间和地点是必须考虑的之外，其余要素则根据游戏主题、故事内容决定。

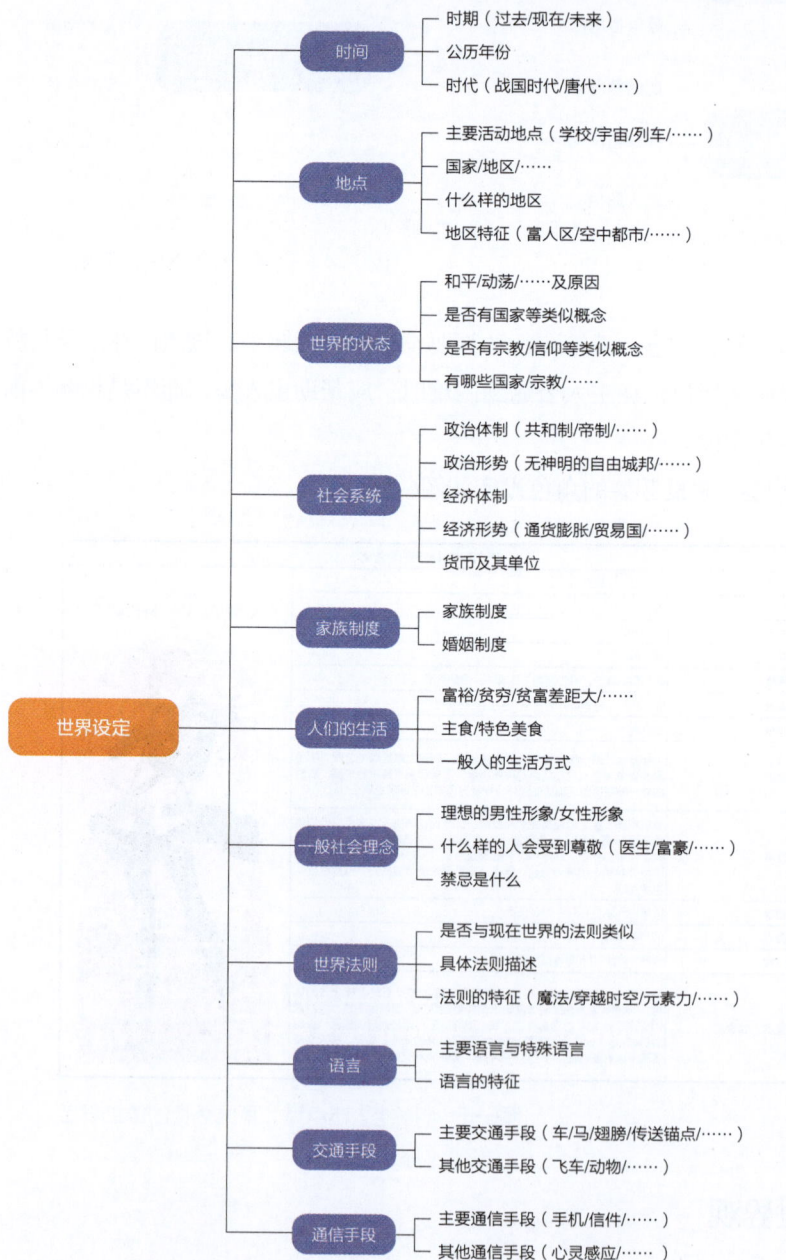

图6-6 世界设定思维导图

2．创建世界

创建世界有必须遵守的事项，那就是规则。遵守规则能使所创建的世界具有说服力和真实感；反之，这个世界就会显得虚假可疑，这尤其体现在"异世界"主题的游戏中。

忽视规则的世界因为没有真实感，到处都是破绽，这只能给玩家带来痛苦和失望。以游戏《原神》为例，玩家从不同高度跳下，会出现3种不同的情况（图6-7）：低处不损失血量，并根据玩家有无除重力方向外的第二方向，触发前滚翻或蹲下的动作；损失部分血量，根据玩家跳下的高度进行区分；损失全部血量，从超过某个限定的高度跳下。因为《原神》跳跃的情况结合了大众的物理认知，所以玩家在游戏中不会感到奇怪。

图6-7 《原神》的跳跃规则

3．世界与角色、故事的关系

创作者可以先创建世界，再创建角色和故事。

若创造一个国家，这个国家应当有一位国王，同样也可以安排王子、公主和侍卫等角色，然后设定角色的口吻和服饰。确定了角色的身份，就可以给身份设定性格，比如"温柔的国王""胆小的侍卫"等。

若世界处于动荡之中，那自然而然就有了接下来的故事。与角色设定一样，世界设定能为故事创作提供方向，同时也会给故事创作带来一定限制。

6.2 写作元素

前面我们学习了主题、故事、角色、世界观等交互游戏剧本的四大成分，接下来就要根据创作好的故事写出剧本。

6.2.1 剧本的结构

结构能让创作者在剧本创作之初就看到剧本的整体轮廓，包括故事的开头、发展、结尾。为了更好地理解交互游戏剧本的结构，这里以有相似结构的音乐为例，音乐的结构为"前奏、旋律A+B、副歌、尾声"，分别对应着交互游戏剧本中的"开端、发展、高潮、结局"。

1. 结构的种类

"开端、发展、高潮、结局"属于经典的结构形式。中国诗词讲究"起承转合"，日本能剧讲究"序破急"，美国好莱坞电影讲究"三幕式结构"，这些经典的结构形式都把故事分成3~4个部分，从而对故事进行梳理。

"起承转合"之说源于中国近体诗的结构技巧，元代杨载的《诗法家数》中有云："大抵起承二句固难，然不过平直叙起为佳，从容承之为是。至如宛转变化工夫，全在第三句，若于此转变得好，则第四句如顺流之舟矣。"

"序破急"的说法源自雅乐，是一种音乐用语。如今，这个词是日本能剧和茶道界的重要术语。二条良基（Yoshimoto Nijō）的连歌集《筑波问答》中提到："乐中亦有序破急。连歌亦然，当以一之怀纸为序，二之怀纸为破，三、四之怀纸为急。先贤以为蹴鞠亦是同理。"

"三幕式结构"与"序破急"相同，都将故事分成3个部分。琳达·西格（Linda Seger）在某书中提到："影视剧的结构，自剧本文学诞生起就倾向于三幕式结构。希腊悲剧、莎士比亚剧、电视剧都以三幕为结构。三幕式结构的三幕分别是开端、过程、结局。"

从上面的简要分析中看出，不管是交互游戏剧本还是影视剧本都离不开"开头、发展、结尾"这3个要素，但交互游戏剧本相较于其他剧本来说，还需要考虑额外的东西，那就是游戏失败与选项，即"分支"。

2. 结构的要素

这里我们将对"起承转合"这个结构进行逐点分析。

起：开端

开端是游戏的开头，是"起承转合"中的"起"，是"序破急"中的"序"。开端要抓住玩家的注意力。这里总结3个开端的要点：传达游戏目的、游戏玩法，以及这是一个什么样的游戏。

对于交互游戏剧本而言，开端最重要的作用是将游戏目的传达给玩家，且让玩家保持对游戏的好奇。比如《宝可梦大冒险》的游戏目的是集齐宝可梦图鉴，《原神》的游戏目的是探索提瓦特大陆。为保持玩家对游戏的好奇，游戏过程中也必须提示游戏目的，不能让玩家漫无目的地进行游戏。

向玩家传达游戏玩法的常用方法就是提供教程。游戏系统越复杂，新颖创意越多，提供教程的必要性就会越强。

另外要向玩家传达这是一个什么样的游戏。《原神》以主人公和血亲在踏入新世界后被迫分开为开端，《镰鼬之夜》以主人公与女主角在滑雪场开心地滑雪为开端。通过开端，游戏要阐明"主要角色是谁""角色定位是什么"。《原神》的主线任务是让玩家在旅途中寻找关于这个世界和血亲的真相，《镰鼬之夜》则明确让玩家知道游戏中有女主角。

承：发展

对于交互游戏剧本而言，发展的重要性体现在该部分内容是剧本中占比最大的，一般能占到整个剧本的80%以上。发展的内容因游戏种类而异，但无论如何，都需要足够丰富且有趣味性，不然玩家在中途就会弃游。

在发展的部分，要设定游戏失败的相关内容，比如，系统向玩家发送"你失败了，请重新开始"的信息。游戏失败在故事中的意义也需要考量。

发展由一个个章节来引出高潮。以目的为"打倒魔王"的游戏为例，达成"打倒魔王"的目的所需的一个个条件，就是一个个章节。章节可以分为4类：达成游戏目的的章节、推进剧情的章节、深化剧本主题的章节、偏离游戏本来目的的额外章节。

达成游戏目的的章节可以大致分为两种：给达成游戏目的设置障碍的章节、给达成游戏目的提供援助的章节。对于前者，"打倒魔王"之前，必须经历先打败其魔下几大"天王"的环节，这种设置障碍的方法是较常用的，能够丰富故事内容；对于后者，可以假设"主人公需要同伴才能打败魔王"，则主人公与同伴相遇的章节就是给达成游戏目的提供援助的章节。

推进剧情的章节就是将故事向前推进的章节。同样以目的为"打败魔王"的游戏为例，该类章节可以体现为"主人公为什么要打败魔王""主人公在瓶颈期获得线索"等，因此这类章节也被称为"案件"或者"事件"。

对于深化剧本主题的章节，可以假设有一个以"当挚友成为敌人时，你能与他战斗吗？"为主题的游戏，游戏目的是"打倒魔王"。在这样的交互游戏剧本中，需要创作一个章节让主人公偶然看到这名挚友在与反派交流，并发现挚友就是"魔王"，这样的章节不仅有推进剧情的作用，也恰当地深化了主题。

偏离游戏本来目的的额外章节是剧本中与达成游戏目的没有必然联系的章节。这些章节能够丰富游戏的世界观，带给玩家多方面的乐趣。以《原神》为例，游戏的主线任务是找到关于世界和血亲的真相；除了主线任务，游戏中还有传说任务、邀约事件和世界任务，这些任务都属于偏离游戏本来目的的额外章节，用于体现提瓦特大陆上不同的人文风情。

转：高潮

交互游戏剧本不仅要让玩家达成游戏目的，还要让玩家在高潮时产生巨大的情感波动，这样的交互游戏剧本会更富有戏剧性。将途中积累的努力一次性全部升华，或是将前面花费的时间、精力以及积累的感情全部释放，能让玩家收获较强的愉悦感。

单有高潮是不行的，还需要有发展做铺垫。以《原神》的传说任务"被遗忘的怪盗"为例，高潮是林尼为致敬大魔术师塞萨尔表演高空逃生魔术。单从高潮部分来看，它并不能让玩家深入共情，只能让玩家感觉到这是两个魔术师的事，这时发展部分显得尤为重要。发展部分讲述了林尼和旅行者找到了真正的怪盗貂，还塞萨尔清白，同时，玩家在发展部分得知林尼与塞萨尔的师生关系，以及林尼的故事与塞萨尔的善良。这样一来，高潮部分就不会单调，且在玩家心中与角色相关的章节（如与同伴相遇、角色的过去、同伴与角色之间的故事等）会更加生动，这能唤起玩家应有的感动。

合：结局

结局是向玩家传达游戏目的达成后产生了什么结果的部分。

这里仍以"打倒魔王"的游戏为例：主人公克服千难万险，终于与同伴携手消灭了"魔王"，那么接下来会发生什么呢？以下列举几种可能。

第一种可能，作为起点的村子在主人公踏上冒险旅程之后，慢慢恢复了往日的安乐；第二种可能，主人公与在旅途中相识的同伴喜结连理，幸福地生活下去；第三种可能，主人公在终点回想着曾经的艰辛历程；第四种可能，"魔王"的尸体倒在主人公面前，当主人公转身离去之时，却又听到魔王的笑声。

这几种可能都展示了游戏目的达成后世界会变成什么样、主人公会怎么样，以及主人公的内心会产生什么变化等结果。

除上述的一般情况之外，设定游戏结束和重玩也是表现结局的方式。设定游戏结束有两种方式：通知游戏完全结束（游戏通关）或告诉玩家"他们还没有看到真正的结局"。后者是游戏存在多种结局时必不可少的。

3. 结构的好坏

结构是交互游戏剧本创作的关键，结构的好坏能够直接影响游戏本身。为说明结构的重要性，接下来举一个两人描述相同经历的例子。

有两个人，一个叫小王，一个叫小明，他们是朋友。有一天，两人相约爬泰山。第二天，他们分别在不同的地方将爬山体验讲给自己的女朋友听。两人的女朋友的反应迥然不同：小明的女朋友听得津津有味；而小王的女朋友只回答了一句"哦"，好像没什么兴趣。

两人讲的是相同的经历，他们的女朋友却有完全不同的反应，接下来，我们可以仔细看看两人具体是怎么讲的。

小王："昨天我跟朋友去爬泰山，看到了很美的风景。我俩爬了好长时间，中途还下了点雨，不过高兴死我了。"

小明："昨天我跟朋友爬泰山去了，泰山果真特别难爬，不会放过每个嘴硬的人。我俩就商量，如果真没力气了，干脆回去吧。正坐着休息呢，天下起了雨！我俩赶紧穿上了雨衣，但身上还是淋湿了不少，穿着雨衣真的很闷。我们还是不想放弃，跟着人群继续爬，最后终于登顶，看着云雾环绕的山顶，心旷神怡！高兴死我了！不虚此行啊！"

可以看出，小王不善于表达，而小明善于表达，不善于表达的人和善于表达的人说出来的话会有很大的差距。同样的体验，在不同的表达方式下，接受者获取的信息也是截然不同的。由此可以得出设计交互游戏剧本中的结构时的注意点。

（1）阐述结论的时机。不善于表达的人往往在对话一开始就会将结果告诉他人，善于表达的人则通常将结果放在了对话的结尾。

（2）表述的长度。实际上，不善于表达的人本身话不多，会将所有必要信息简洁明了地告诉对方，就像播报新闻一样。播报新闻的目的是传达事实，交互游戏剧本所追求的则是让玩家"感动""觉得有趣"。总的来说，交互游戏剧本的作用不只是传达信息，还需要用信息去触动玩家的感觉、内心和情感。

（3）传达说话人的行动目的、行动过程，以及传达的顺序。回到爬山的例子，在决定爬山时，两人心中已经形成了"登上山顶"的目的，两人向各自女朋友传达的第一个信息都是"爬泰山"，这就是故事的开端，继而展开话题；"爬到山顶看到美丽的风景"是故事的结果，中间"特别难爬""下了雨"就是故事的过程。善于表达的人比不善于表达的人多说的内容都属于故事的过程。

（4）通过结构引导感情代入。从前面的内容可知，不善于表达的人只是希望将体验作为一种信息传达给女朋友，而善于表达的人更希望女朋友与自己共情，所以在对事件的表述上，后者说出了个人的真实情感。

6.2.2 选项

1. 选项的概念

好的游戏能让玩家持续保持好奇心和新鲜感，并积极地参与其中，这是电影和小说往往难以做到的。游戏的交互性有很大一部分体现在选项中，这里列举两种选项的表现手法。

第一种，在游戏中呈现以下文字：

你在迷雾森林中缓慢前行。▼

前方出现一个三岔路口，是往左走还是往右走呢？▼

第二种，在游戏中呈现以下选择：

小女孩儿在大哭，你要……▼

1. 给小女孩儿擦眼泪

2. 转身离开

所谓选项，就是为玩家脑海中的问题或游戏画面上显示的问题准备的两个或两个以上的答案。选项的存在代表不止一个正确的结果，不同的选项会对应不同的情节。一旦玩家触发了选项，如果不做出选择，游戏就不会向下进行。

选项是创作者设置好的，即便玩家有选择自由，也是受限制的，所以如何让玩家不因此感受到压力，是游戏创作的关键所在。《原神》中对选项的设置不会影响游戏的整体剧情，只会在选项后的两句话中体现NPC（即非玩家角色）不一样的情绪。

2. 选项的种类

交互游戏剧本能够通过选项创造分支，从而实现其他几种剧本体裁达不到的效果。交互游戏剧本的选项可以大致分成3类：与故事发展相关的选项、与参数相关的选项和无意义的选项。

（1）与故事发展相关的选项可以用角色扮演游戏《勇者斗恶龙》中选择结婚对象的场景进行说明："是与儿时玩伴结婚还是与富贵人家的千金结婚?"这个选项曾让许多玩家纠结了很久。从剧情的后续发展来看，不同的选项对应不同的故事细节，这样的选项就称为与故事发展相关的选项。

（2）与参数相关的选项主要是指与"能力值""好感度""生命值"等参数相关的选项。具体来说，参数是某种数值化的评价基准。在游戏中，系统会通过参数值来判断并选择进入剧本的分支，比如在《原神》的邀约任务中，不同的选项会影响角色的心情值，过低的角色心情值会直接影响任务进度。

（3）无意义的选项对主线剧情发展起不到作用，一般用于活跃气氛、放缓节奏。比如《崩坏：星穹铁道》中，与游戏世界中生活着的人（也就是没有设置任务的NPC）交流时，选择相应的选项并不会造成任何游戏内容的变化。

从前面的内容我们可以看出，选项与世界存在密不可分的联系，选项的内容体现的是世界的规则，如果选项让玩家意识到有破绽，那么玩家就难以保持对游戏的热情。

3. 选项的要点

选项设计的铁则是没有破绽，这包括以下两点：一是明确选择的基准，二是设计具有必然性的选择结果。

首先分析"明确选择的基准"，这里反过来以"选择基准不明确的选项"为例进行说明。

今天和父母出门踏春，路上车子快要没油了，开车的父亲要⋯⋯

1. 嗖嗖地开着车去加油站。▼

2. 辘辘地开着车去加油站。▼

面对这样的选项，玩家首先会疑惑为什么要从两个几乎一样的选项中选择，这就是选择基准不明确的选项。

如果换成"1.冷静地开车去最近的加油站"和"2.把车停在路边等待朋友救援"两个选项，玩家就能根据自身判断选择解决方法，剧情就能自然地推进下去：要么父亲马上制订计划去最近的加油站，解决问题后继续踏春；要么父亲的朋友及家人帮助了困在路上的玩家一家人，两家人一起去踏春。

接下来分析"设计具有必然性的选择结果"，举例如下。

今天把妈妈惹生气了，我要……

1. 和妈妈道歉。▼

2. 不理妈妈，自己玩自己的。▼

　　玩家面对以上两个选项，普遍会认为选择前者会带来好结局，选择后者会迎来坏结局；反之，玩家则会难以接受选择的结果，并会寻求相应的理由和必然性。但也存在一种特殊的情况，即故事存在反转，但不能忘记设计一个导致这种反转的合理过程。

6.2.3 交互叙事

　　交互叙事于20世纪80年代末被提出，谈到交互叙事，就不得不提到克里斯·克劳福德（Chris Crawford）这位电子游戏领域的鼻祖级人物。克里斯·克劳福德始终把电子游戏当作一种艺术形式来探索，他的观点可以拓展我们对娱乐体验和娱乐形式的认知。下面介绍3种主要的交互叙事方式：多视角叙事、AB选择型叙事和时序重组型叙事。

1. 多视角叙事

　　多视角叙事允许体验者以不同视角体验故事的流程，从而全方位了解事件的细节，得出更全面的判断，这类叙事方式能够有效避免体验者片面地看待问题。

　　在进行多视角叙事时，创作者会提供多条线索，这些线索代表着故事中不同角色对同一事件的不同经历，也可以代表在相同的一段时间内不同角色在不同空间内所经历的事件。《崩坏：星穹铁道》在罗浮主线任务的开端中就使用了这样的叙事方式，创作者在玩家作为开拓者的视角基础上添加了角色丹恒的视角，不仅将主线任务中的重要角色一一展现，还能为之后的故事发展做铺垫，挖掘事件更多的细节，如图6-8所示。

图6-8　多视角叙事

2. AB选择型叙事

AB选择型叙事是较为简单、容易使用的一种交互叙事方式，一般情况下表现为故事进展到某一关键情节点时，会出现A和B两个选项；若提供了多次交互，那么便形成了延展的二叉树状结构。体验者在其中通过交互不断地选择，最终会在其中得到一条自己所选择的故事路径。这样做的好处在于：当情节点足够多的时候，观众可以经历不同的故事，获得不同的游玩体验。

在游戏中，可以根据需要设置多个关键情节点，提供多次交互机会，使玩家能够直接跳转至关键情节点并做出不同的选择，以体验其他结局。《原神》的邀约任务采用的就是AB选择型叙事，不同的选项用于引导玩家体验不同的结局，一个角色的邀约任务有5~6个结局，这里以角色云堇的邀约任务（节选）为例进行说明（图6-9）。创作者在设计时切记不要设置过多结局，否则容易让玩家感到疲劳，从而减少对游戏的兴趣。

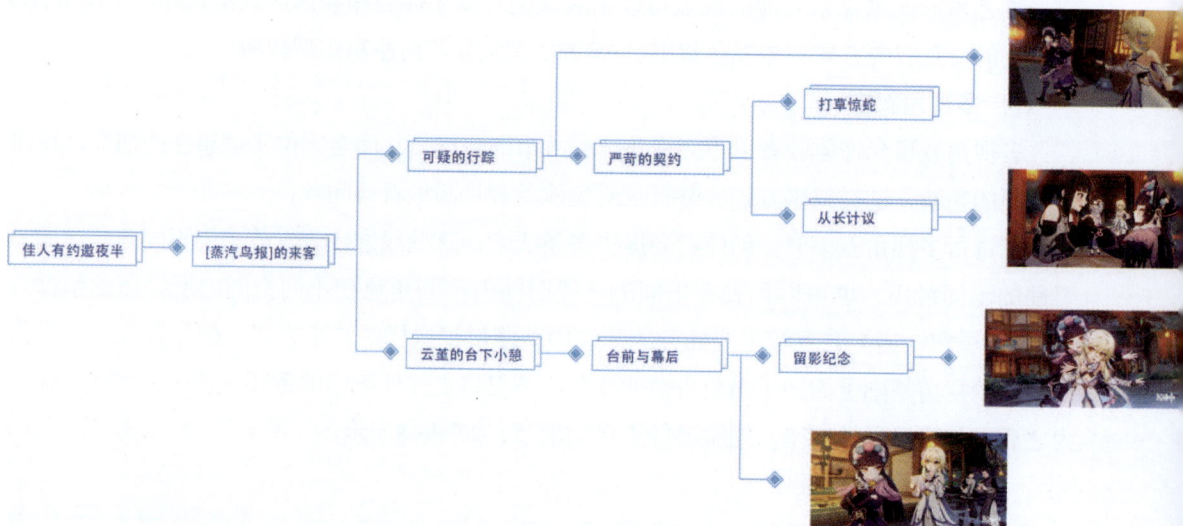

图6-9 AB选择型叙事

3. 时序重组型叙事

时序重组型叙事会打乱叙事结构，将一段完整的故事分成若干情节，这些情节不按因果顺序发展，而是可以前后颠倒或同时发生，从而形成多种叙事路径。这种叙事方式不仅制造了悬念，也会让故事的趣味性变强。

时序重组型叙事经常体现在日常生活中：如果我们要了解一个人，常常得到的是关于对方的片段化故事，且并不一定是按时间顺序得知的。在游戏中，时序重组型叙事多体现为通过回忆一件事来触发接下来的剧情。下面以《原神》中的魔神任务"向深水中的晨星"（节选）为例进行说明（图6-10）。

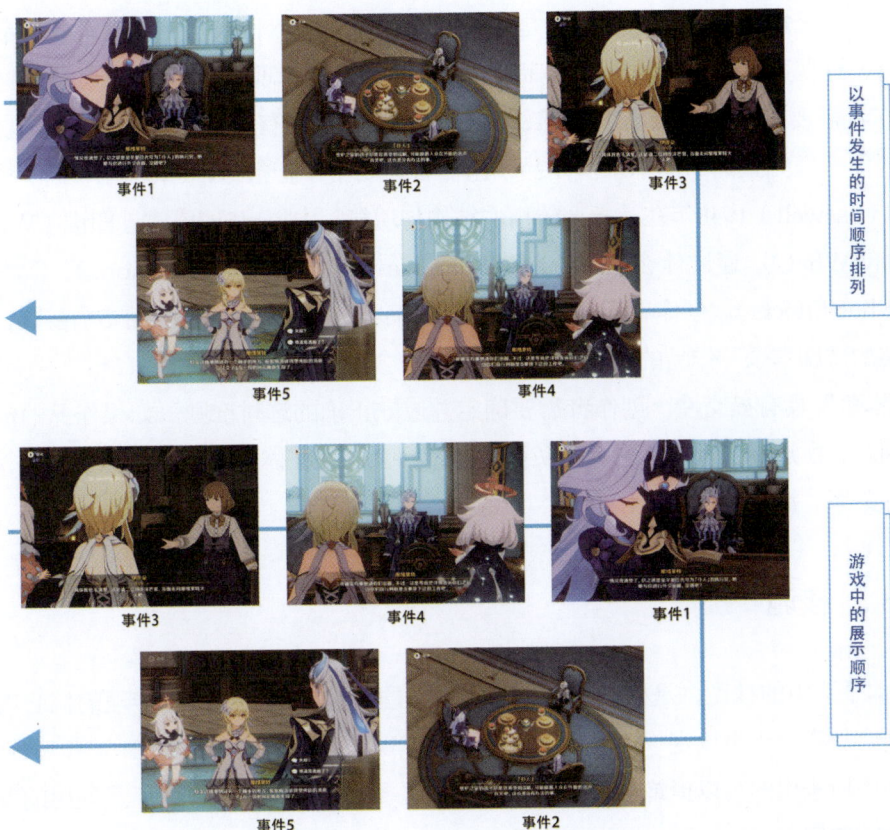

以事件发生的时间顺序排列

事件1　　事件2　　事件3

事件5　　事件4

游戏中的展示顺序

事件3　　事件4　　事件1

事件5　　事件2

图6-10　时序重组型叙事

6.3 "剧本杀"写作策略

"剧本杀"属于剧本游戏的一种，近年在玩家中得到普及，其特点是交互性强、体验性强、沉浸性强。游戏方法是：玩家先选择人物，阅读人物对应的剧本，再通过演绎剧本、搜集线索，找出真凶或者隐匿自我身份，破解、还原谜案真相。本节以"剧本杀"为例探讨交互游戏剧本的写作策略。

"剧本杀"起源于欧美桌游，规则简洁，依靠游戏机制来实现玩家间的制约和互动，玩家容易理解、操作。"剧本杀"从游戏体验层面提升了个体玩家的代入感，每名玩家之间的关系也被设计得更加紧密。此外，"剧本杀"结合了人物之间的矛盾冲突，增加了触发玩家多种情绪的延展设定，并基于主题、题材、体验感呈现出丰富多样的类型。

6.3.1 选材与要求

创作"剧本杀"要做到两点：一是确定正确的选材准则，二是选择题材。

　　在文学、艺术创作中，题材指的是作者选择的写作材料，或是用于表现其作品主题思想的素材，这些素材都是经过创作者筛选、提炼的事件或者现象。"剧本杀"的题材也是如此，创作者需要对社会热点高度敏感，具备准确找到一个有话题空间的题材的能力。

　　要创作一部完整的"剧本杀"作品，创作者需要牢牢把握5W模式：哈罗德·拉斯韦尔（Harold Lasswell）1948年在《社会传播的结构与功能》中提出5W模式，即谁（Who）、说什么（Say What）、通过什么渠道（In What Channel）、对谁（To Whom）、取得了什么效果（What Effects）。创作者用通俗易懂的语言简洁、清晰地还原事件的5个要素，是创作一部完整的"剧本杀"作品的基本要求。

　　"剧本杀"具有社交性，创作者需要确定并遵守正确的选材准则。如果作品的价值导向出现了问题，所选择的题材含有大量负面信息，那么玩家在体验中就不能释放压力，更无法增进人际关系、激发想象力。

6.3.2　核诡

　　"剧本杀"中的核诡，是核心诡计的简称，指的是这个剧本中用于推理的核心内容，玩家需要结合故事、人物设定、人物关系进行全面推理才能得出正确的结论。核诡通常指在案件中，凶手所采用的可以掩饰自己是杀人凶手的主要方式，也是创作者所呈现出的种种谜团得以破解的关键。

　　核诡在电影、小说、"剧本杀"中都有应用，这里举一些例子：电影《楚门的世界》的核诡是对于楚门来说，他的整个人生就是一场展示给世人的真人秀；小说《斜屋犯罪》的核诡是流冰馆这栋建筑就是为了犯罪而准备的；"剧本杀"《刀鞘》的核诡是天津保密局内部的阵营对抗。

　　在"剧本杀"的创作中，核诡如果设计得不好，在玩家提问时，DM（即组织者）就无法给出合理的回答。核诡和故事内容是息息相关的，如果修改了核诡的任意内容，那么线索卡、人物故事、环境信息等都需要修改；相反，若调整了故事内容，也需要考虑调整后的内容是否与核诡相悖。

　　随着剧本类型与故事愈发丰富，除了传统硬核推理本，许多机制本、情感本都有令人感到惊艳的核诡，如《来电》《甜蜜蜜》等。在"剧本杀"中，核诡也衍生出了多种类别。

　　1. 密室诡计

　　密室诡计主要包括以下几种：犯罪时犯人不在室内、犯人从窗户或者通过缝隙杀害室内的人、受害人自己进入密室、在密室中将他杀伪装成自杀、门的机械装置、犯罪时犯人在室内，以及犯罪发生时间差等。这类"剧本杀"作品有《野蔷薇》《雾鸦馆》《红黑馆事件》等。

　　2. 时间诡计

　　时间诡计指的是针对钟表、气候、季节等进行设计的一系列诡计。这类"剧本杀"作品有《年轮》《百匠奇案》《漓川怪谈簿》等。

3. 建筑物诡计

在建筑物诡计中，犯人通常会利用建筑物内的空间布局及道具杀人，甚至为了完成犯罪而建造一栋建筑物。这类"剧本杀"作品有《马丁内斯死在惊奇馆》《雾起云浮》《魔女屋》等。

4. 角色诡计

角色诡计指的是一人分饰多角，或者多人饰演一角的诡计，例如犯人和受害人是同一个人，或者记述者是犯人，犯人自我抹杀、消失，等等。这类"剧本杀"作品有《第七号嫌疑人》《周公游记》《持斧奥夫》等。

5. 凶器毒药诡计

具有凶器毒药诡计的"剧本杀"作品主要表现的是以各种意想不到的凶器、毒药等制造的杀人事件。这类"剧本杀"作品有《静止的玛利亚》《月光下的持刀者》《异想天开的三刀两毒杀人事件》等。

6. 人物/物品消失诡计

这类诡计一般指尸体被隐藏，犯人消失在玩家视野中，尸体身份互换和证物被隐藏，等等。这类"剧本杀"作品有《爱尔兰多的巫师》《雕塑里的曼陀罗花》《失格21克》等。

6.3.3 组成要素——以《启明》为例

接下来将以爱国题材原创"剧本杀"作品《启明》（作者 kk）为例，分析"剧本杀"作品的组成要素：人物剧本、线索卡、公示剧情、玩法说明、组织者手册。

《启明》（图6-11）的故事发生在萍国二十四年的萍城，城内的两股势力正展开一场激烈的博弈。在张氏公馆举办生日宴的张参谋被杀，前来赴宴的唐编辑（陈大夫）、赵作家、伍海龟、刘湘角、杨小姐、林染都有作案的嫌疑，那么凶手是谁？为什么受害人是张参谋？在搜证推理中寻找答案吧……

图6-11 《启明》

1. 人物剧本

人物剧本是指玩家拿到的只呈现单一角色视角的段落文本，主要内容包括角色个人维度介绍、案发当天描述、人物关系、动机情感，以及玩家个人任务等，一般以第一人称"我"或者第二人称"你"作为叙述主体。《启明》中的人物唐编辑（陈大夫）如图6-12所示。

角色个人维度介绍一般会放在人物剧本的开头，以告诉玩家其所要扮演的角色

图6-12 人物陈大夫

姓名、身份、性格、家庭背景、工作、个人经历等。例如陈大夫的角色个人维度介绍：萍国三年生于萍城富裕家庭，是家中的长子，极具绅士风度，受母亲影响开了一家中药铺；小时候自进学堂开始，就时刻关注着萍国大事，结识了很多有志青年，加入了"萍安会"并积极参与爱国活动；萍国二十年，经推荐赴贾国留学，期间你与赵作家相识相知，在同学们的见证下结为伉俪……

案发当天描述包括单一角色视角下发生的事、该角色的时间线及该角色与其他角色的重合内容等。例如陈大夫在案发当天扮成唐编辑，作为人才引荐与赵作家一同出席张参谋的生日宴会，观察出席宴会的其他角色和张参谋的个人行动，与赵作家等其他角色私聊，以及与赵作家联手杀掉张参谋的时间安排。

人物关系一般包括亲人、情侣、好友、敌人、陌生人等。在"剧本杀"中，并不是所有的人物关系都会清晰地体现出来，比如在陈大夫的视角下，明面上有着与赵作家的夫妻关系、与伍海归的表兄弟关系、与张参谋的敌对关系。游戏中，陈大夫这一角色的玩家需要去探求其他隐秘的事务，在错综复杂的关系中找到属于自己的阵营与友方角色。

动机情感一般不会直接写在人物剧本中，通常会从故事中体现出来。比如在陈大夫的视角下，调查发现张参谋与敌国有染，为切断他与对方的联络，保卫萍国"杀"张参谋的动机就有了。

玩家个人任务通常会在某一故事情节描述完后展现，有些任务会被标注重要程度，以便玩家了解游戏规则。在《启明》中，案发当天，扮演陈大夫的玩家需要完成以下3个阶段的任务（图6-13）。

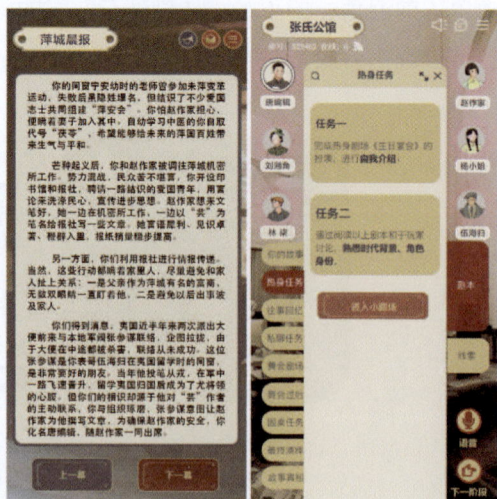

图6-13

热身任务：（1）完成热身剧场《生日宴会》的扮演，进行自我介绍；（2）通过阅读剧本并和其他玩家进行讨论，熟悉时代背景、角色身份。

私聊任务：（1）完成舞会剧场的角色扮演，和对应角色私聊并完成演绎；（2）和其他玩家私聊，接头口令为"玉灵"，获取任务。

最终任务：（1）【关键】获取军火藏匿地点的情报信息；（2）【重要】不要暴露你和赵作家的计划，判断是否是赵作家杀了张参谋，掩护她，不能让她被指认为凶手；（3）【次要】判断在场是否还有"萍安会"成员，尽可能保护他；（4）【一般】在判断出你的敌人和朋友之前，尽量不要暴露你"茯苓"的代号身份和"萍安会"的秘密。

2．线索卡

线索卡是指在游戏中，每一幕阅读或每一轮公聊完成之后用于引导玩家讨论角色关系、破解案件、情绪交流的道具，通常以卡片形式出现，分两次获取。

线索卡共分为两类：一类用于还原故事，包括世界观、背景、环境、人物背景等提示信息；另一类用于破解谜案，包括指向角色的直接证据、间接证据、环境证据、关联证据、重组证据、采集证词、证据的使用说明等内容。

按照上述分类，有关角色唐编辑（陈大夫）的线索就可以这样设置。

（1）对唐编辑搜身后发现了一袋中药包，药包上印着"陈"的字样（唐编辑的线索卡，用于让他人怀疑唐编辑的真实身份）；有消息称赵作家已婚（赵作家的线索卡，与唐编辑有所关联）；伍海归是家中长子，表兄弟也曾出国留学（伍海归的线索卡，表明人物关系）。

（2）参加舞会的人曾看到唐编辑与赵作家跳舞时说起了悄悄话，具体是什么听不清（采集证词）；张氏公馆二楼书房里有几片叶子，叶子好像来自后院（环境证据）。

3．公示剧情

"剧本杀"的公示剧情通常指公开给所有玩家的情节信息，包括故事发生的时空、社会背景，人物关系，以暗示玩家该"剧本杀"作品的主题和氛围；或者是在玩"剧本杀"的过程中，用于介绍先行事件、制造悬念、推动游戏进程的文字。

下面展示《启明》两个时间点的公示剧情。

（1）开场，一般由DM诵读或者玩家演绎（图6-14）。

DM：今日萍城的天气舒适宜人，张氏公馆来了不少青年才俊恭贺张参谋生辰之喜，女宾们都穿着新定做的礼服，搭着精致的配饰，男宾们身着中式服装，互相交谈着。

此时DM提醒玩家开启热身剧场。

伍海归：咱们多年的朋友，老张你说这话就见外了。我知道你爱湘剧，我可是花了大价钱请来全萍城最有名的戏班子湘春园和最有名的角儿来给你唱一曲《琵琶记》。刘角儿的"五娘"可是一票

图6-14 《启明》开场公示剧情

难求啊。（看向刘湘角）

刘湘角：（微微一笑）伍少说笑了，能得张参谋青眼相看，是我的荣幸。（举杯向大家自我介绍，并祝张参谋生日快乐，祝寿的语句可自行发挥）

张参谋：久闻刘角儿大名，我常去听刘角儿的戏，这回刘角儿大驾光临张公馆，蓬荜生辉。（环顾一圈，露出笑容，并看向杨妹）给大家介绍一下，这位是我的表妹杨妹。

杨妹：大家好，欢迎大家来为表哥祝寿。（看向伍建勋）大家是表哥的朋友，自然也是我的朋友。（举杯自我介绍，并祝张参谋生日快乐，祝寿的语句可自行发挥）

伍建勋：（露出意味深长的笑容）杨小姐客气了，希望杨小姐刚来萍城玩得习惯，我们自当尽地主之谊。（举杯自我介绍，并祝张参谋生日快乐，祝寿的语句可自行发挥）

张参谋：伍兄太客气了。（拱手道谢，然后转头看向赵作家）这位是赵作家，萍城大名鼎鼎的女作家，真的是文如其人，赵小姐不仅文风优美，而且也是萍城的大美人。

赵作家：老张说笑了，我可算不上鼎鼎大名，（看向杨妹）表妹来萍城也没听你说起，不然该准备些礼物的。（举杯自我介绍，并祝张参谋生日快乐，祝寿的语句可自行发挥）

张之慎：这位是赵小姐的朋友唐编辑。唐少之前在贾国读书，留洋归来，是咱这有名的青年才俊。

（2）游戏进展到某一环节，需要用新的信息推动后续流程，这既可以是一段包含线索的介绍性文字，也可以是一段视听材料、道具展示或真人表演等。在《启明》中，该部分体现在舞会结束后，角色刘湘角与湘春园其他人共同演绎的《琵琶记》的视频材料。

4. 玩法说明

所有类型的"剧本杀"都有一定的玩法，玩法说明可以公开展示，也可以让玩家随机抽取，或隐藏起来，让玩家自己发现，机制阵营本的玩法说明会更加复杂多样。许多"剧本杀"创作者将电子游戏的概念如解谜、胜负制、点数制、回合制、奖惩制、随机制、竞速制等引入"剧本杀"，创造出诸多玩法。

《启明》的主要玩法是推理，主要考验玩家之间合作的默契程度，以及玩家的观察力、逻辑思维和知识量等。

5. 组织者手册

组织者手册也可以称为DM手册，是DM在游戏进程中使用的说明书，用于说明游戏流程、环节、节奏、控场原则、主题氛围、机制玩法规则等内容，其中也会包括DM在游戏中所讲的台词，玩家出场顺序、表演动作、独白等提示信息，以及线索卡解析、推理逻辑、锁凶依据、时间线、案件还原过程等内容。

在开启《启明》的热身剧场前，DM会根据组织者手册，提醒玩家确认自己的热身任务，有时DM也会成为故事中的一个NPC，确保剧情演绎的完整性。例如在《启明》中，DM可扮演张参谋身边的二副林柒，代入侦探视角。

张氏公馆陷入黑暗，众人听到几声枪响后慌了神，林柒叫人将公馆外侧围了起来，然后来到二楼书房，发现张参谋一动不动地躺在地上，身边有大片血迹。林二副阴沉着脸，环顾一圈，冷声说："今晚只能委屈各位留在张氏公馆了，林某必须查清是谁干的，好给张参谋和兄弟们一个交代！"

6.3.4 沉浸体验

1. 感官沉浸：营造场景氛围感

如何让玩家在体验阶段就进入沉浸状态？可以从感官上进行设计。随着技术的发展，有越来越多的技术可以帮助玩家体验到"感官沉浸"。"感官沉浸"是相对于"心理沉浸"而提出的，正如字面意思所示，"感官沉浸"强调身体上的沉浸、感官上的沉浸，而"心理沉浸"则强调精神、思想的沉浸。

《启明》中多次安排了需要玩家演绎剧情的剧场，如热身剧场、舞会剧场等，通过演绎各自的角色，玩家能了解彼此身份的性格，进而实现"感官沉浸"。

2. 角色沉浸：提升角色控制感

玩家代入角色后能够更好地理解故事，做出与角色思维模式相匹配的行为。角色的代入程度首先取决于对角色的认知程度，《启明》遵循了普通"剧本杀"的角色模式，为角色设置了多重关系，不同的关系之间产生的冲突可使玩家的沉浸感更强。

例如陈大夫作为唐编辑与妻子赵作家一同参加张参谋的生日宴，在宴会上扮演的是赵作家的好友，夫妻关系不能暴露；张参谋是赵云灵曾经的婚约对象，不知赵作家已婚，而赵作家是"萍安会"派来接近张参谋的，要从他身上获取情报。3人的关系既有阵营立场的不同，也有情感纠葛，这就要求玩家对角色进行充分理解与演绎，从而提升游戏体验感。

3. 情感沉浸：引起情感共鸣

前期的情景构建及角色扮演能为情感沉浸的实现打下基础，当代"剧本杀"创作应该提升玩家对角色、故事和文化的认同感。如《启明》的故事发生在萍国两方派别斗争的背景，在游戏中玩家分为两个阵营，每个阵营都有自己的故事线和特点。玩家扮演各自的角色时，结合年代背景感受与认同角色，实现情感沉浸，从而更好地体会爱国文化、产生情感共鸣。

6.4 课后习题

1. 谈谈交互游戏剧本创作的一般过程及剧本的若干组成要素。
2. 阐述"剧本杀"的写作策略和实现沉浸体验的方法。

7

CHAP
TER

第 7 章

数字广告
剧本创作

学习要点及目标：

1. 了解数字广告剧本的类型；

2. 掌握数字广告剧本的写作元素；

3. 熟悉数字广告剧本的写作策略。

核心概念：

公益广告；商品广告；品牌广告；视听节奏。

微课视频

数字广告作为商业产物，通过传播相关的信息来促进商品或服务的销售，以实现特定的商业目标。数字广告传播可以采用多种渠道，包括电视、广播、报纸、杂志等。数字广告可借助图像、文字、音频和视频等元素，向消费者传达信息并激发他们的兴趣和需求，从而鼓励消费者购买某种商品或服务。数字广告的目的是提高品牌知名度、增加销量、建立品牌形象和塑造消费者的态度和行为。

7.1 剧本分类

本章针对数字广告剧本创作进行研究，根据数字广告宣传内容的不同，数字广告可分为公益广告、商品广告和品牌广告。这3类广告由于宣传目的和产出内容的不同，其剧本内容和创作侧重点均有不同。

7.1.1 公益广告

公益广告是宣传公益事业、社会责任和社会意识的广告，目的在于传递正面的社会价值观念和社会态度、提升社会道德水准和促进社会进步。其剧本侧重反映社会公共问题，通过情感化的叙事和形象设定来引发人们的情感共鸣，唤起人们的社会意识和提升人们对社会公共问题的关注程度，从而改善社会状况，鼓励人们采取积极行为或支持某项社会事业。

1. 旁白式

旁白式广告使用旁白推动剧情，通过一定的故事情节、相应文案、对比画面使观众产生代入感，从而强调情节的重要性。

旁白通常以第一人称或第三人称娓娓道来，用亲切的口吻传达心声，给观众如听朋友讲话般的亲切感，从而获得观众的信任。旁白式广告的剧本具有情感化、教育性和社会性等特点，通过情节、画面、对话和旁白来表达公益主题，并深入浅出地传达故事价值和情感价值。

旁白式广告剧本的创作注意点如下。

首先，明确创作目的和内容导向。该类广告在目的、内容、情感和传播等方面与其他数字广告不同，着眼于社会问题、环境保护、健康教育等议题，以向观众传递正确的价值观、社会责任感和积极影响力，引起观众的社会参与和深入思考。

其次，旁白式广告的受众是整个社会或者特定人群，其社会影响力大于短期的商品宣传类广告，因此其更容易被政府机构、社会团队等使用。

最后，该类广告剧本的内容和风格可根据具体的目标受众、合作机构及制作创意进行调整和修改。

2. 无台词式

无台词式广告没有对白、旁白、独白，全程依靠画面的衔接和转场来推动故事的发展，常常通过一个或多个明显的道具、标志来切换场景。因此，在剧本创作中需要重点考虑这类承前启后的道具、标志是什么，它所承载的视角是什么，以及场景的典型性和代表性。

联合国环境规划署联合MeshMinds基金会及Studio Birthplace广告公司制作的环保短片《PLASTIK》，通过儿童的手工望远镜向人们展示了被塑料占据、掩埋、反噬的未来。剧本锁定同一个拍摄对象或衔接道具——手工望远镜，并通过儿童的视角来展现情节，以童真有趣的世界来引出现实的残酷。写作时需要注意考虑剧情、场景切换和关键道具。

该片开头就设定了结局，以引起人们的猜测，让人们感到紧张；紧接着通过画面和音乐营造和睦温馨的氛围，并引出重要道具——手工望远镜。剧本通过这个手工望远镜，衔接了餐厅、海洋、土壤等场景，点出人类自食其果的主题。该片虽然没有一句台词，但借助紧密衔接的画面和巧妙运用的道具，显得真实自然。

▼　**场景1：海边　日**（图7-1）

小女孩在望远镜中看到有人被淹没在塑料。

▼　**场景2：餐厅　日**（图7-2）

餐厅里，一家三口正在享用美食。小女孩在望远镜中发现，他们正在吃的是塑料。

图7-1

图7-2

▼　**场景3：路边　日**（图7-3）

父亲骑着摩托车载着小女孩。一阵风吹来，将塑料袋吹到了小女孩的脸上，小女孩无奈又嫌弃地拨开塑料袋。画面拉远，地上都是塑料垃圾。

▼　**场景4：海边沙滩　日**（图7-4）

父亲正在为小女孩购买冰饮，小女孩拿着望远镜看着远处玩闹的男孩，本来被沙子盖住的男孩，在小女孩通过望远镜中却变成了被塑料所掩埋。

图7-3

图7-4

7.1.2 商品广告

商品广告（效果广告），也称为行动导向广告（Action-oriented Advertising），是宣传某个商品或某种服务的广告。与一般的公益、品牌广告不同，商品广告追求经济效益、知名度，能引导观众采取明确的行动。

创作商品广告的剧本需考虑的内容如下：呼吁行动，即根据品牌需要的不同，通过呼吁行动来设定情节和叙事手法，如呼吁观众立刻购买、分享交流、参与活动等；导向目的，即在剧本设定阶段，需要注意商品标志、标语及品牌色露出方式和程度，确定如何结合剧情突出商品，从而增加销量、浏览量、订阅量和商品记忆点。

1. 系列式

系列式广告是由多个独立短片组合而成的，它通过对多个故事的组合，其能面向不同受众及使用情景进行传播，从而达到反复提及商品、加深观众记忆的目的。剧本设定通常根据性别、年龄、地区划分，通过不同的故事覆盖不同的群体，从而拓宽群体共鸣的范围。在SKG联合深圳特区报推出的妇女节广告《Wǒmén自有选择》（2023年）中，品牌方和创作者首先确定的是要呈现的关键词——送礼和健康，其次再进行策划和剧本创作。

策划背景： ▼

妇女节的全称是"国际劳动妇女节"，其重点是劳动和妇女，不要让"女神节""女王节""女生节"等娱乐化标签让妇女节失去了原有的意义。SKG呼吁人们健康生活，将健康消费的礼品属性与节日进行关联。

剧本故事： ▼

展示女性成长过程中的3个阶段：22岁奋斗期、30岁婚姻期、60岁老年期。SKG鼓励女性自主选择，自由向上。以下为故事结构。

故事1：【22岁奋斗期】离开家乡的选择（图7-5）
22岁的要强的张莉莉决定离开老家。

故事2：【30岁婚姻期】成为职场妈妈的选择（图7-6）
朵朵，28岁结婚，29岁成为妈妈，30岁成为职场妈妈。

故事3：【60岁老年期】给妈妈的健康选择（图7-7）
60岁的陈女士以前是个妇科医生，现在退休在家。

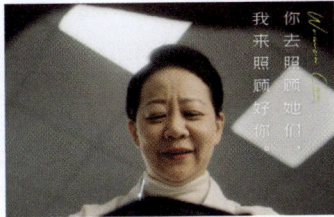

图7-5 图7-6 图7-7

标语： 在人生不同的十字路口，女性有自己的选择。作为爱人/友人/儿女的我们，SKG是我们支持和健康的选择。

商品广告的目的就是宣传某个商品或某种服务，因此在剧本中通常需要展示它的使用情景。该剧本的叙事风格温馨，场景细节及互动多，具有现实感，情节设定较为严谨，以避免给观众带来失真感。创作者需要考虑如何将"送礼"和"健康"自然融合到短片中，在相应的使用场景中，合理设计对话与故事，使商品价值观念的宣传上升到品牌理念的输出。

2. 混合式

混合式广告剧本类似于文学作品中的插叙，指将主角的多个故事进行混合组合排列。剧本主角通常是具有同一特点的群体，创作者应捋清每一个群体的特点和关键词，并与其他的角色区分；在角色设定和视觉上也要尽可能地突出和区分，以便观众可以在短时间内看懂故事梗概及角色关系。

女装品牌"仿佛"的广告《飒爽爱自己》，其剧本将打太极拳的女孩（图7-8）、新锐摄影师（图7-9）、备考MBA的女孩（图7-10）的故事串联在一起，以增强观众对该品牌适合的不同风格的女性的认知。通过3种角色的不同故事进行转场，结合同构等方式，该片给观众呈现了丰富的画面效果，产生了较强的视觉张力，吸引了更多潜在用户并引起他们的情感共鸣。

图7-8　打太极拳的女孩　　　图7-9　新锐摄影师　　　图7-10　备考MBA的女孩

该剧本的创作难点在于如何在短时间内区分角色特点并让观众产生记忆点。商品广告中的服装类广告具备一定剧情优势，不需要特意描述和露出，商品就有较高的出镜率。因此，在该类广告剧本中，虽然观众没有明显察觉到商品，但其实满屏都是商品——创作者通过输出观点来营造品牌氛围，在场景中使用更多的标志及品牌色以达到辅助观众记忆的效果。

7.1.3 品牌广告

品牌广告是品牌提高知名度、好感度和辨识度，增加消费量，增强消费者的信赖和黏性的广告。其剧本不仅会宣传品牌的商品和服务，也会宣传品牌的文化、价值观、品质保证服务等，以让消费者认同品牌的价值和形象。相对商品广告而言，品牌广告的主要目的并不是贩卖某种商品或服务，而是传递品牌理念。

在碎片化、去中心化的数字时代，随着消费市场的下沉与品牌投入的谨慎，品牌广告致力于构建全新的剧本框架——以情感、品牌、故事为核心，通过输出标语，以输出品牌文化。

1．访谈式

访谈式品牌广告是较为常见的一种类型，在其剧本创作中，通常会先设置一个实验或活动，对某一群人进行观察，再对被观察者进行访谈，从而确定输出内容和推送形式。其剧本优势是能直接获得当事人的回答并观察到当事人的神态，从而拉近与观众的距离，并通过被访者的口吻输出品牌观点，减少说教意味和生硬感。

近年来，宝洁和多芬通过持续制作大量的公益性、品牌性、试验性的正向广告来提升消费者好感度。在多芬的《你远比自己想象的更美》（图7-11）中，素描师通过对被访者提问来绘制被访者的外貌，同时他们与被访者进行关于自我外貌认定的访谈，最后该片将二者结合起来，输出观点。创作这类剧本时需要注意如下几个部分：设定入场、出场时的情节和对话，以展现真实性；无论是文字还是画面，都需要呈现出一种"之前"与"之后"的差异感；通常借助普通人视角，自然引出主题。

图7-11 《你远比自己想象的更美》

场景：空旷室内　▼

情节1：介绍人物关系

在圣何塞警局工作的素描师，在一个空旷的室内，隔着纱帘给坐在沙发上的女性画像。

女性1：我没有来过这个地方，我看到一个人坐在那儿，旁边有块素描板。

女性2：在这个过程中我们看不见彼此。

女性1：一开始我不知道他在干吗，但在问了几个问题后，我大概知道他是在画我。

情节2：进行实验和访谈

素描师画像与女性接受采访的画面进行切换。

素描师：描述一下你的下巴。

女性3：我的下巴有点突出，微笑的时候尤其明显。

素描师：那你的下颌呢？

女性1：我妈说我的下颌很宽。

素描师：你最显著的特征是什么？

女性4：我的脸有点圆圆的。

女性5：我的雀斑随着年纪增大变得越来越多。

…… ……

情节3：他人的观察

素描师：等下我会问你们几个问题，就是关于刚才你们遇到的那个人，然后我会问你们一些关于她的长相的问题。

女性6：她瘦瘦的，你可以看出她颧骨的轮廓，然后她的下巴瘦瘦尖尖的，很好看。

男性1：她有一双很漂亮的眼睛，说话时炯炯有神。

男性2：她的鼻子很可爱，她的眼珠是蓝色的，很漂亮。

情节4：展示自己眼中的"我"与他人眼中的"我"

空旷的室内变成了一个展览厅。被访者们被重新带回了这个空间，里面挂满了素描师画的人们自己眼中的自己和别人眼中的自己。

素描师：这些是我根据你们的描述画的，另一些是我根据别人对你们的描述画的。

女性1：嗯，这真的是……（女性一脸震惊的表情，对此感到难以言表）

被访者们站在自己的画像前，端详着，思考着，惊讶之余，眼角泛着泪光，觉得从前对自己的要求太过苛刻，以至于产生自卑的情绪。

女性5：她（自己眼中的自己）看起来很封闭，也比较臃肿，郁郁寡欢，另一张看起来则比较开朗、友善……还很快乐。

女性1：我应该更珍惜自己最自然的那一面，因为这会影响到我的交友选择、想找的工作，还有我对待小孩的态度，这对人生中的一切都有影响。

素描师：你会觉得你比自己所想的还要美吗？

女性1：会。

旁白：身为女性，我们花了很多时间去挑剔、掩盖我们觉得不够好的地方，其实我们应该将时间用来欣赏我们本来就喜欢的地方。

标语输出：你远比自己想象的更美。

品牌标志：多芬的标志

2．文字式

文字式品牌广告是指画面中只有文字，没有其他的视觉元素衬托的广告。文字式品牌广告的优势是画面简洁，没有花哨凌乱的图像，具有很强的记忆点。其剧本创作难度较高，文案需要有创意及足够新鲜，并且该类广告要在合适的时间节点输出，才能达到高效传播的效果。

杜蕾斯的妇女节短片《恭喜，是个女孩！》通过多种语言、多种祝福、多种描写、多种色彩表达人们对女婴诞生的喜悦和祝福，其广告画面节选如图7-12所示。其剧本通过简单的话语，配上充满爱意的语气，表达了对女性的肯定与赞美。

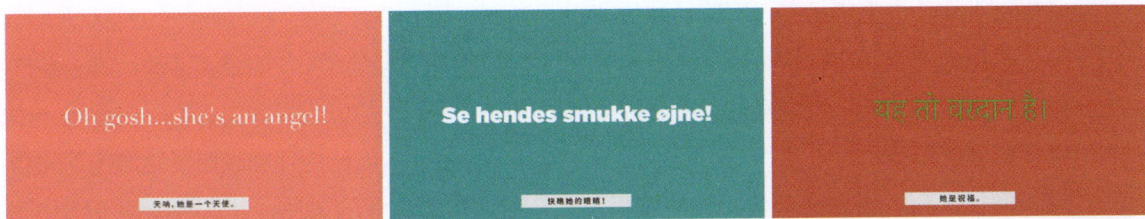

图7-12 《恭喜，是个女孩！》广告画面节选

文字剧本　▼

当父母看到女婴的那一刻。

文字出现：今天（TODAY）。

角色1：天呐，她就是个天使！

角色2：快看她的眼睛！

角色3：好可爱！

角色4：我的宝贝，我的礼物，我的最爱。

角色5：她是这么棒！谢谢你！

角色6：她是祝福。

角色7：她笑起来像你。

角色8：我们是多么幸运。

角色9：我的最爱，欢迎来到这个世界。

标语：恭喜，是个女孩！（女婴的背景画面）

7.2 写作元素

本节将围绕数字广告剧本的角色形象、主题洞察两大方面进行讲述，以帮助读者理清思路，创作出更具有吸引力、能引起情感共鸣、具有较高品牌辨识度的剧本。

7.2.1 鲜活的个体：角色形象

角色形象在广告中起着至关重要的作用，可以使消费者在心中形成对品牌的关联认知、情感连接，从而对品牌产生信任和好感。成功的角色设定可以帮助品牌树立鲜明的形象，让其在竞争激烈的市场中脱颖而出，增强消费者依赖性和提高消费者忠诚度。

1．叙述吸引力

角色形象是指故事的主人公/配角。通过角色带动情节将品牌信息传递给观众，这更容易吸引观众，也更容易深入宣传品牌的核心价值和企业文化。

屈臣氏携手"中国微笑行动"开展名为"点亮微笑，美有道理"的公益活动，其公益广告《这是我妈，一个很奇怪的女人》将故事设定在生活着少数民族的大山之中，主角是一位性格古怪、有些不近人情的唇腭裂的母亲，但高高的发髻和简洁的耳饰表明了她对美丽和精致的向往。该片借助劳动妇女的故事引发大众对唇腭裂患者的关注，其广告画面节选如图7-13所示。

屈臣氏的目标受众主要为18～35岁的年轻女性，剧本中女儿的设定也容易让核心消费者群体具有代入感和共情。该片展示了一位女性在生活中的痛苦与幸福，以真实的角色故事打动观众，吸引品牌的核心消费者群体进行公益传播，并让他们在传播过程中产生对品牌的认可和共鸣。

图7-13 《这是我妈，一个很奇怪的女人》广告画面节选

2. 拓展目标市场

不同的角色可以吸引不同的目标受众，进而拓展不同的目标市场。品牌可以根据产品功能、服务特点及目标受众喜好，选择与之匹配的角色形象，更好地吸引目标受众。

薇尔的广告（图7-14）通过画面和歌曲结合来展现不同类型的女性，直白且细腻。虽然每个人物的出场时间短暂，但点到为止的表现引起了不同群体的共鸣——不同人种、不同年龄、不同体型、不同身份，潜在地扩大了产品的适用群体并使他们产生品牌认同。

更为多元的角色设定是当今数字广告剧本创作的趋势。自然堂联合哔哩哔哩（以下简称B站）与"Z世代"人群共同推出《支流大学：做支流，不逐流》，通过不同类型的内容创作者，向大众传递追求多元审美的理念，告诉年轻人不必按照主流方式去生活，其广告画面节选如图7-15所示。

图7-14 薇尔广告画面节选

图7-15 《支流大学：做支流，不逐流》广告画面节选

3. 传播一致性

角色形象可以成为品牌广告的一致性元素，这种一致性元素有助于树立品牌的稳定形象，使消费者更容易将特定信息与该品牌联系起来。这主要体现为角色设定与品牌色的一致性，如舒肤佳广告《晶晶的不请假条》中的角色设定，其广告画面节选如图7-16所示。

母亲：对于孩子的健康卫生状况高度敏感，扎着低马尾，身着深色系的开衫，系着围裙，正在为孩子准备早餐。

女儿：想要在流感高发的冬季去上学，扎着双马尾，别着可爱的发饰，穿着蓝色系条纹毛衣；她背着书包，用蓝色的笔在手上画画解闷，将蓝色本子折成望远镜四处望，期待上学，期待和小朋友们玩耍。

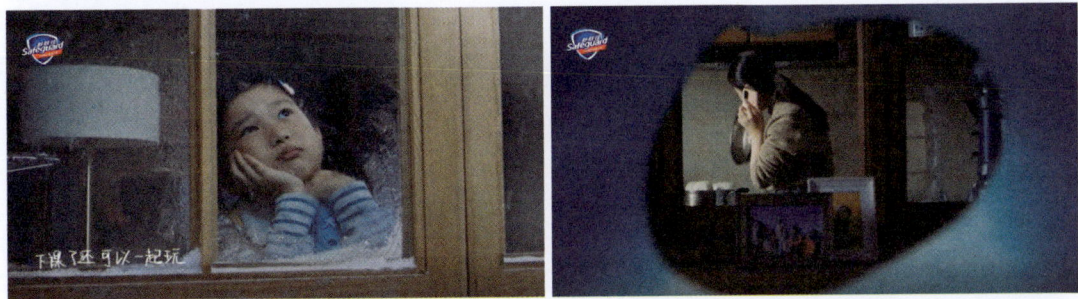

图7-16 《晶晶的不请假条》广告画面节选

该片通过孩子的视角引出主题：在流感高发的冬季如何保障孩子的健康卫生？进而引出解决方案——舒肤佳提供健康卫生保障服务。该片中包含的一致性元素包括：穿着品牌色服装的工作人员，身着白大褂并打着蓝色领带的医务人员（图7-17）。该片后半段使用了大量的品牌色，向观众传递了"健康传中国"的理念，提高了观众对品牌的信任度。

图7-17 工作人员、医务人员

7.2.2 细腻的情感：主题洞察

主题洞察可以赋予数字广告情感、深度，从而更好地吸引观众、传达信息并建立品牌深度。一方面，品牌可以通过主题故事将核心价值、宣传理念和品牌文化传递给观众。主题故事要有意义，也要独特。独特的主题故事能够在观众心中留下深刻的印象，从而提高品牌的记忆度和识别度。另一方面，品牌可以通过人物的情感、面临的挑战和获得的成长来引发观众的共鸣。循序渐进的故事能让观众在看的过程中更好地理解人物及其情绪，而有趣又引人入胜的情节，可以营造或紧张刺激或温馨亲和的氛围，使数字广告更具吸引力。

中央电视台的经典广告常常围绕家庭生活故事展开，情感细腻，洞察到位，能引起观众共鸣。公益广告《常回家看看》展现了一个独居老人的心理状态。广告开始时，老人正在忙碌地准备着饭菜，整个场景的色彩相对浓郁，老人身着红色衬衫和浅色马甲，腰上系着浅花色围裙，电话也是红色的。到了后半段，场景设定为深色调，家里空荡荡的，也没有太多生活物品，这衬托出老人的孤单。

▼ 场景1：家中走廊（图7-18）

老人听到电话铃声，赶忙从厨房走出来，用身上的浅花色围裙擦擦湿了的手，焦急又兴奋地接起电话。

老人：喂？

电话那端：哎，妈，说好今天回家看您的，但是公司要请客户吃饭，微波炉用着还方便吗？

老人：方便！啊，那……

电话那端：缺什么要跟我说啊，妈。

老人：什么都不缺。（老人摆摆手）

电话那端：奶奶！我刚考完试，和同学去游乐园玩，奶奶再见！

老人听到孙辈的声音很高兴，但还没来得及说话，电话就已经被挂断了。

老人神情失落，叹了口气。

▼ 场景2：家中餐桌（图7-19）

餐桌上摆满了老人为孩子们准备的丰盛晚餐，但是只有一个空碗和一双筷子。

电话那端：妈，家庭影院看得怎么样啊？我去健美班，今天不回家了啊。

老人：都忙……忙……忙点好啊。

场景3：客厅电视前（图7-20）　▼

老人独自坐在沙发上，看着没有信号、满是"雪花"的屏幕发呆，直到睡着。

图7-18　　　　　　　　　　图7-19　　　　　　　　　　图7-20

标语： 别让你的父母感到孤独，常回家看看。

2013年蛇年春晚插播公益广告《回家篇》之《迟来的新衣》，该片讲述一群进城务工人员，在春节期间结伴骑摩托车回老家过年的真实故事，这也是31年来第一支在春晚直播中插播的公益广告，与春晚节目的主题非常契合。

场景切换：　▼

大院内、大街小巷、大桥上、家乡

场景1：大院内（图7-21）　▼

汪正年正在整修摩托车，等待着妻子蒋正琼拿出最后一点行李就出发。大院里只有他们家灯火通明，出口处的红色灯光似乎指引着他们回家的春节路。蒋正琼正在收拾着送给女儿的粉色的新毛衣，她满脸欣喜地期待着女儿穿上新毛衣的样子。然后她拿走了蒸热的馒头，收拾好房间就出发。红色的行李袋里装满了回家的喜悦，蒋正琼也穿上了红色的羽绒服并戴着厚厚的围巾以抵御路上的风寒。

蒋正琼：来。（她喂给汪正年一口热馒头）

场景2：大街小巷（图7-22）　▼

他们在小巷口汇合，然后逐渐在柏油路上、高架桥上汇成大队伍。他们互相挥手，兴奋地呼喊着，看着太阳升起，脸上洋溢着笑容和期待。

骑行队伍：回家喽！

场景3：大桥上（图7-23）　▼

风雪刮在脸上，冻在手心，树叶上结了霜。脚下的路时而因下雨而泥泞，时而因结冰而湿滑。他们在路上简单地煮了泡面垫肚子，只为尽快回到家中团圆。其间不断穿插着家人在家里烧菜准备的画面，可以看到家人期待大家归家的模样。

路上的冰霜让汪正年和蒋正琼的车摔倒在地上，汪正年被甩了出去，但他的脸上却依然笑容灿烂。蒋正琼焦急地摘下头盔，朝着汪正年边跑边喊。

蒋正琼：汪正年！

汪正年：到家了！

大家把汪正年扶起来，继续前进。

▼ **场景4：家乡（图7-24）**

冒着热气的饭菜、摇着尾巴的小狗、迎接家人归家的鞭炮以及乡亲与孩子们的欢迎与追逐。大队伍在各个路口逐渐分开，各自走上回家的小路。

蒋正琼：哎呀，这衣服短了。

蒋正琼给女儿穿上了新买的毛衣，虽开心但也有遗憾。女儿满脸高兴。家人团聚在圆桌周围，享受着美味的菜肴和团圆的喜悦。

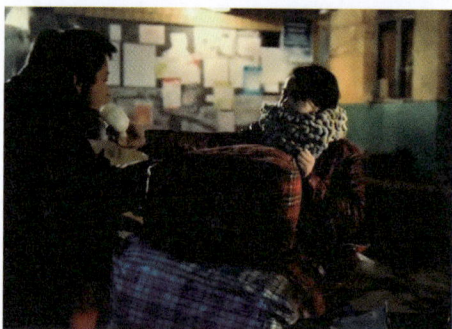

图7-21

图7-22

图7-23

图7-24

标语： 这一生，我们都走在回家的路上。

该片通过一个真实的故事展现了许多进城务工人员的春节回家之路，贴近观众，显得人性化且极具亲近感，同时也使观众更深层次地体会到了广告的主题。

7.3 写作策略

剧本是数字广告表达创意和传达信息的基础，有助于将品牌故事、品牌理念以有组织、有吸引力的方式呈现给观众。所以，数字广告剧本创作者需要遵循一定的创作规律并运用一些创作策略。

7.3.1 直观的表达：从文学剧本到文本分镜头

首先，文学剧本所具有的高潮迭起的情节，能够在短时间内引起观众的兴趣，使观众保持注意力集中。其次，创作团队和品牌方可以根据文本分镜头控制广告的节奏和目标投放市场，这能为节约成本及后期宣发等指明方向，从而减少调整的次数。

接下来以《Wǒmén自有选择》的剧本（节选）为例讲解为了表达效果，如何将文学剧本推进到文本分镜头。下面会根据品牌需求、拍摄需求及画面需求进行分析，并适当增减原剧本内容。

故事1：【22岁奋斗期】离开家乡的选择 ▼

前情提要：
这一年妇女节，22岁的要强的张莉莉决定离开老家，离开这个小县城，踏上新征程。
离开的前一天，发小胜男和她一起整理要寄出的包裹。

场景1：张莉莉家中 ▼

在张莉莉的房间内，能看到满墙的奖状和角落里一摞又一摞的书，窗前的桌子虽然旧但十分干净，上面放着打包用的快递盒。一旁是张莉莉的照片：幼年时憋着不哭的倔强劲，少女时期不爱穿裙子的青涩模样，在中学时考了第一名，在高中时留着利落的短发，在大学时和发小胜男一起外出旅游。

首先，开场需要表明故事发生的时间。考虑到需要营造出悲伤的离别氛围，因此故事发生在清晨，这也符合赶路的情节设定（见表7-1）。

其次，布置空间。由于文学剧本描述的是"窗前的桌子虽然旧但十分干净""小县城"，所以张莉莉的家要有小县城的装修风格，而满墙的奖状是反映张莉莉学习状况的必要陈设道具。

最后，在具体设定人物动作时要考虑如何表现张莉莉和胜男喜欢拍照和记录生活的习惯，并且要考虑如何用场景和人物动作表现出张莉莉是一位年轻的、要强的、刚毕业的、决定离开小县城出去闯荡的女性。

表7-1　　　　　　　　　　　　　《Wǒmén自有选择》文本分镜头1

镜号	景别	机位/摄法	内容描述	台词	时长/秒	备注（场景预期）
1	全景	低	清晨，老家的房间内，22岁的张莉莉正在收拾包裹，墙壁上贴满了奖状。胜男正在床边摆弄一个老相机，把三脚架立在了地上	胜男：再来拍张照片吧	3	房间内
2	中景	固定	相机的拍摄视角，拍摄画面中胜男拉着张莉莉来到镜头前，两人挨在一起，脸上有着明显的悲伤，但两人还是在快门声响起时勉强露出了笑容		2	

续表

镜号	景别	机位/摄法	内容描述	台词	时长/秒	备注（场景预期）
3	特写	固定	快门声响起，画面闪白，呈现出的却是两人以前的合影：少女时期两人手牵手的合照、中学时胜男与考了第一名的张莉莉的合照、高中时留着短发的两人的牵手合照、大学时两人外出旅游时的牵手合照		每张1速度越来越快	室外素材照片素材
4	特写	前推	最后一张照片闪白，镜头落在一本旧相册上，刚刚的照片都在旧相册里，这本相册见证了两人的青春，胜男正在把最后一张照片塞到相册里，两人的眼眶似乎都红红的		2	房间内

▼ **正片剧情**

一旁的胜男一边低头帮忙收拾行李，一边絮叨着。

胜男：我这些年送你的礼物，在外也用不上，就不用带了吧。

张莉莉：用得上。

张莉莉不说话，继续收拾。

胜男：会回来吗？

张莉莉手上一顿，回答道：不知道，你应该……会支持我的，对吧？

胜男：有事，就给我打电话，回来也行，我都在。

张莉莉：好。

胜男：去大城市挺好的，你就是要强，健康是第一位哦。

张莉莉：嗯，我会注意的。

胜男拿出行李箱里的SKG颈部按摩仪，递给正在收拾东西的张莉莉，张莉莉低头擦拭眼角的眼泪后继续收拾。

胜男：我们都长大了，你有自己的选择，我会一直支持你。

正片剧情需要营造一种面临选择时可能会出现的纠结和不舍氛围（见表7-2）。

包括上述故事在内，该片共通过3个故事来呈现不同群体，创作者需要统一安排，为在前期对话中可能呈现出生气、焦虑等情绪，在后期表现出支持与谅解的桥段。所以，这里需要表现出面对选择时，二人持不同观念的分歧感。文本分镜头中的对话需要重新梳理，以使对话更加真实和日常化。

表7-2 　　　　　　　　　　　《Wǒmén自有选择》文本分镜头2

镜号	景别	机位/摄法	内容描述	台词	时长/秒	场景预期
5	全景	低固定	阳光照进房间，显得房间十分清冷，胜男坐在窗前的桌边，正在翻看旧相册，张莉莉背对着她，整理床上的行李	胜男：真的要走了？ 张莉莉：嗯。	2	
6A	中景→特写	上摇（从手部到面部）	张莉莉忙着收拾的双手一顿，镜头上摇，呈现张莉莉的表情（画面中看不到胜男）	胜男：会回来吗？ 张莉莉：不知道，你……应该会支持我的，对吧？	3	
6B	中景	左移	张莉莉没有得到回应，露出落寞的表情，不确定地回头，镜头左移露出张莉莉身后的胜男，她一言不发地坐在桌边，往行李箱里塞着行李		2	房间内
7	远景→中景→特写	前推	张莉莉继续收拾，掀开行李箱的隔层，看到了装在透明礼物袋里的SKG颈部按摩仪。张莉莉将它拿起来，看到上面用黑色记号笔写着："轻装上阵：）"		2	
8	特写	微前推	动人音乐响起，两个人对视，终于笑了出来		3	
9	全景	后拉	镜头拉远，清晨的阳光照进房间，洒在两个少女明媚的笑脸上		1	

场景2：户外车站 ▼

　　张莉莉看着手中的SKG颈部按摩仪，抬起头，镜头无缝转场到送别的车上，车外胜男挥手对张莉莉说：我支持你的选择，照顾好自己。

　　张莉莉戴上了SKG颈部按摩仪，身体舒展地看着前方。

　　《Wǒmén自由选择》包括独立叙述的3个故事，剧本除了文案风格统一，在视觉上也统一安排了赠送礼物和使用礼物的桥段，结尾的文本分镜头（见表7-3）就是体现系列感的镜头——将礼物放入她的行李箱里，让她在疲惫的时候记得将礼物拿出来使用。

表7-3   **《Wǒmén自有选择》文本分镜头3**

镜号	画面	景别	机位/摄法	内容描述	台词	时长/秒	场景预期
10、11		中景→特写	固定	行李箱pov视角，胜男把SKG颈部按摩仪放进行李箱，终于下了决心，把拉链拉上【黑场】张莉莉拉开拉链，脸上露出触动的表情，她拿出按摩仪并露出笑容	出字：梦想有时很重，但我更希望你能轻装上阵	3	室内切公交车内
12		特写→中景	后拉	车内，张莉莉打开书包，看到了礼物，于是开机后把按摩仪戴在脖颈上，镜头后拉，她身体舒展地看着窗外高楼	标语：SKG颈部按摩仪 为爱添心意	3	

　　从文学剧本（文案）的输出到文本分镜头的形成，可能会经过多次迭代和更新。所以，在文案策划阶段必须针对剧本目的、核心价值、输出标语和故事结构进行反复推敲，才能进入具体的文本分镜头创作阶段。如果在写作文学剧本的时候，没有考虑到场景空间、人物动线、拍摄事宜等，在后面的文本分镜头创作阶段就需要更为直观地表达和呈现，让品牌和团队更直接地了解和感知剧情及人物。

7.3.2 渗透的艺术：画面分镜头的视听节奏

　　设定画面分镜头是广告制作中尤为关键的步骤。画面分镜头能将故事转换为视觉表现的蓝图，将剧本中的文字和情节转换为视觉元素，确定每个镜头的构图、角度和角色动作，确保视觉效果能够准确表现故事和传达信息，帮助团队更清晰地理解和呈现广告。同时，画面分镜头有助于控制广告的故事感和节奏感，通过合理安排镜头的时长和切换速度来影响观众的观看体验，使广告更具吸引力和冲击力。

　　前文介绍了女装品牌"仿佛"的广告《飒爽爱自己》，其在画面分镜头设定上追求多样化视听风格，通过视觉、听觉等多种元素将故事情节和人物情绪甚至品牌理念渗透到广告中，在短短几分钟内成功传达"多样女性，多元自我"的品牌理念。以下为该广告的文学剧本。

▼　**剧本背景**

　　提到"520""521""525"，人们就会想要向爱人表达爱意，品牌也会借此进行促销活动。

"仿佛"对女性十分关照，强调女性要自洽与自爱，不要让商业消费破坏了爱人的心意，也不要让爱他人大于爱自己。选择"仿佛"，飒爽爱自己。

标语：仿佛"525"，飒气爱自己！

角色设定　▼

【太极拳女孩】：热爱运动，为了打太极拳而辞职，为梦想而努力，选择重新出发。

【摄影师七七】：新锐摄影师，每天戴着不同颜色的假发。

【备考MBA的女孩】：备考MBA，为了深造而努力，兼顾学习与工作。

剧本节选　▼

场景1：城市街道、公司工位　日

女孩选择辞职；在城市里打太极拳。

标题：爱裸辞就裸辞

太极拳女孩：将自己真正热爱的事，凌驾于"他们说的成功"之上。

场景2：海边与水族馆　晚

女孩在海边吹着海风；在水族馆里看鱼、拍照。

标题：不管不顾，是飒的第一步

摄影师七七：爱不听就不听，自己的美，什么时候轮到别人来审。

场景3：图书馆与户外天桥　日

女孩在图书馆学习；在天桥感受城市。

标题：爱怎样就怎样

备考MBA的女孩：不依靠别人，做自己的伯乐。

场景4：海边　日

摄影师七七在海边礁石上垂头丧气地坐着，看着手机里充斥的恶评，感到心力交瘁。

场景5：直播间、家中室内　日、晚

备考MBA的女孩白天上班，晚上在家里学习，工作学习两不误。

场景6：户外　日

太极拳女孩的太极拳事业有了新的进展。备考MBA的女孩拿到了录取通知书。摄影师七七给一对搭档拍概念照，氛围舒适自在。

标题：爱自己的勇气、温柔、努力，爱自己来抵御一切不爱。

画面分镜头注重表现更多视听方面的内容，如手绘分镜头/参考视图、影片影调、画幅构图、声音（音乐音效）、场景需求、角色需求等。在表7-4所示的画面分镜头（节选）中能看出，创作者在造型上做了一些鲜明设定来增强服装的"酷飒"感，在画幅和拍摄工具等方面则是运用了4∶3、16∶9、圆画幅、360°相机等来营造丰富感，并通过相同的景别来营造节奏感和系列感，使画面丰富之余不失结构逻辑。

同时，声音也是画面分镜头很重要的组成部分，如贴合画面的音效、情绪到位的台词、符合剧情的音乐，有一定起伏的节奏能让情绪表达得更好。《飒爽爱自己》中音乐的呈现效果是，前段柔和平静，后段激昂紧凑。在音效上，以情绪音为主，环境音为辅。该片对于台词、旁白等的情绪要求较高，需要有演绎经验的配音演员来演绎。

表7-4　　　　　　　　　　《飒爽爱自己》画面分镜头（节选）

镜号	画面	景别	机位/摄法	内容描述	台词/旁白/字幕/	音乐/音效	时长/秒	备注（场景预期）
1		中景	固定	女生在高楼间打太极拳的片段	你知道吗	白噪声	1	
2		远景	固定	女生在海边摘下假发	世界上最飒的事情	海边环境音	2	
3		近景	固定	女生在学习	莫过于	纯音乐	1	
4				主题	爱自己	纯音乐	3	
【太极拳女孩】：热爱运动，为了打太极拳而辞职，为梦想而努力，选择重新出发								scene1 城市 日
5		中景	固定	女孩选择裸辞，同事表示疑惑、不理解		鼓点电子乐（全片）	1	
6		中景	手持	女生离职后走在回去的路上				辞职收好的箱子，与后面的辞职画面呼应
7		中景	定格	女生离职后走在路上，心情愉悦	爱裸辞就裸辞	城市环境音	2	
8		中景	固定	女生在高楼间打太极拳	将自己真正热爱的事	衣物摩擦声+风声	1	

镜号	画面	景别	机位/摄法	内容描述	台词/旁白/字幕/	音乐/音效	时长/秒	备注（场景预期）
9		远景	固定	（鱼眼镜头）女生打太极拳	凌驾于"他们说的成功"之上	衣物摩擦声+风声	2	
10		特写	固定	女生打太极拳的姿势特写			3	城市景别干净，街道有风
【摄影师七七】：新锐摄影师，每天戴着不同颜色的假发								scene2 海边 日
11		特写	固定	（16:9）女生因发色遭受网络暴力		弹窗音效+海边环境音	2	
12		近景	固定	（16:9）女生在海边宣泄情绪，扔石子	不爱听就不听	海边环境音+船鸣笛声	3	
13		远景	固定					
14		中景	固定	女生的职业			1	
15				女生收到的好评	自己的美	快门声	3	
16				女生收到的差评	什么时候轮到别人来审		3	
17		中景	固定	两个人对女生指指点点		白噪声	1	
18		近景	固定	女生看鱼缸里的鱼群	不管不顾	鱼缸中的水流声	2	
19		特写	固定		是飒的第一步		2	

续表

镜号	画面	景别	机位/摄法	内容描述	台词/旁白/字幕/	音乐/音效	时长/秒	备注（场景预期）
20		中景	定格	女生心情愉悦，不管他人的评价		电子特效声	2	

				【备考MBA的女孩】：备考MBA，为了深造而努力，兼顾学习与工作				scene 3 图书馆 日
21		近景	固定	（16：9）女生的上岸报道			1	
22		近景	推镜头	女生结束了片刻休息，开始学习	爱怎样就怎样	信息提示音+吹泡泡声	2	
23		特写	固定	（圆画幅）女生播放歌曲		点击特效音	1	品牌色手表/品牌色随身听
24		特写	固定	（圆画幅）女生的半张脸，耳朵在感受风在城市中吹过的声音	放纵自己一心二用		1	scene 1 城市 日
25		中景	手持环绕摇+抽帧	（16：9）女生感受风吹过城市中的高楼大厦		风声、城市环境音		品牌色耳机
26		近景						街景
27		远景	手摇跟随	（16：9）女生跑步手持一组，女生飒爽自信地开始在楼中慢跑，汗流在她小麦色的皮肤上，脸上露出微笑	不依靠别人，做自己的伯乐	风声、脚步声、环境音	4	

续表

镜号	画面	景别	机位/摄法	内容描述	台词/旁白/字幕/	音乐/音效	时长/秒	备注（场景预期）
28		远景	固定	女生在图书馆	不依靠别人做自己的伯乐	风声、城市环境音	4	
29		远景	手摇	女生的工作状态		白噪声	1	
30		中景	环绕摇		用一件件具体的事，染发	白噪声+快门声	2	
31		中景	固定	女生工作、学习两不误	学习		1	
32		远景	固定		打太极拳		1	
33		全景	固定	女生将自己喜爱的太极拳作为事业发展	爱自己的勇气		1	公园
34		中景	固定				1	
35		中景	手摇	女生享受自己的事业	温柔	快门声	1	
36		远景	固定	女生收到录取通知书	努力	白噪声	1	scene 2 有建筑结构的大楼 日
37		特写	固定				1	
38		近景	固定	女生转身拿着相机朝向镜头	爱自己来抵御一切不爱	海边环境音+按键声	4	（5&6素材混剪）
39		近景	固定	女生们的本来面貌			2	

续表

镜号	画面	景别	机位/摄法	内容描述	台词/旁白/字幕/	音乐/音效	时长/秒	备注（场景预期）
39		近景	固定	女生们的本来面貌			2	
40							1	
41		近景	固定+块切	女生们开始向着兴趣、爱好的方向努力，让自己开心，享受努力的过程			1	scene 2 有建筑结构的大楼 日 （5&6素材混剪）
42						鼓点电子乐结束	1	
43			slogan		穿上仿佛，飒气爱自己		3	
44			品牌				2	

　　综上所述，对于制作团队而言，画面分镜头可以让他们提前了解拍摄内容，更好地进行场地、演员、费用和时长等方面的协商，是导演、摄影师和后期制作人之间的有效沟通工具，也可以帮助制作团队评估预算和制订拍摄计划。画面分镜头可以让品牌方快速理解广告的视觉效果，更快地感知视听方案创意的呈现效果和审查方向。画面分镜头将文字转换成三维的视觉空间，有助于制作团队规划和控制广告的各个方面，确保最终短片与初始构想一致，并能够有效地传达品牌故事。

📄 7.4 课后习题

　　1. 分析数字广告《飒爽爱自己》的剧本写作策略。

　　2. 对比商品广告剧本与公益公告剧本写作的特点。

第 8 章

优秀短片
剧本赏析

8

本章将结合前文介绍的数字短片剧本的创
作知识，以江南大学数字媒体艺术专业学
生的原创优秀短片为案例，介绍数字短片
剧本的创作实践。

微课视频

8.1 实验动画短片剧本

8.1.1 剧本概述

1. 作品简介

作品名：TOUCH FISH

作者：赵婕妤、张京泽

时长：4分41秒

2. 短片剧情

TOUCH FISH（图8-1）以无厘头、超现实的形式，诙谐地展现了当下青年群体的生活状态。故事的主人公是一个木偶，每天都受到线的束缚，重复着枯燥无味的工作。木偶虽然渴望不一样的生活，但却无从下手。直到有一次，他意外地进入一个多彩的世界，一切才开始发生改变。在长满鲜花的地铁里，他不断追逐一条粉色金鱼，并因此用力挣脱了缠绕在身上的线，够到了那条金鱼，坐在它身上遨游。最后，他从空中跌落，又回到了那个被线束缚的世界。然而，尽管回到了现实生活，木偶眼中却出现了不一样的光亮与色彩，他发现了自己内心深处的渴望和追求，并开始对自己理想的生活有了模糊的认知。

图8-1　*TOUCH FISH*

8.1.2 创作流程

1. 确定主题和大纲

编写实验动画短片剧本之前，需要先收集素材和灵感、确定剧本的主题。该实验动画短片剧本的灵感源于创作者对ACG文化中的萌属性的理解，用虚拟角色表现人的相貌特征或性格特征，增强二次元审美。本片以工作生存和劳动关系等为表征的社会性异化状态为角色特征，这也是创作者本人对生活的经验总结与思考：人们在日复一日的工作中，会发现生活并没有想象中的那样称心如意，也很难真正凭自己的内心做出选择；而希望追求理想生活、为自己做出选择时，压力就会如同线一般束缚人们的行动、牵制人们的思想。

该片创作者希望以实验动画短片的形式，表现这种普遍的社会现象。经过前期的头脑风暴和实际调研，创作者决定从自身视角切入，围绕"无处不在的压力"和"已被敲定的命运轨迹"进行构思，并以"寻找自我，发现新的可能"为主题，进行主要剧情的初步探索。

2. 塑造角色

根据剧本主题和大纲，创作者进一步探索推敲，进行角色设定，最终将动画主要角色确定为一个木偶，其代表青年群体。将角色设定为木偶的主要原因是希望以隐喻的方式展现青年群体在社会中所遇到的工作瓶颈和所处的生活状态，并通过其机械性的动作和行为激发观众的思考，引起青年群体的共鸣。

剧本前半段的角色设定更强调共性，弱化了性别，只突出青年群体的鲜明特征，如在着装上选择灰色衬衫、西装等具有象征性的服饰。此外，在角色的面部设计上，选择半睁的眼睛与黑眼圈作为主要特征，进一步强化角色疲惫、困倦的形象，以便传达本片的主旨。角色三视图和最终设定稿如图8-2所示。

TOUCH FISH 角色设定

身份：一名上班族木偶

状态：大部分时间都在工作，自主性缺失、经济基础脆弱，麻木劳累，被压榨，但期待着生活的转折点

总体造型：木偶造型，性格特征不明显

具体特征：中长发，眼睛半睁、有黑眼圈，穿白色衬衫、黑色裤子、黑色皮鞋，系黑色领带、拿黑色公文包

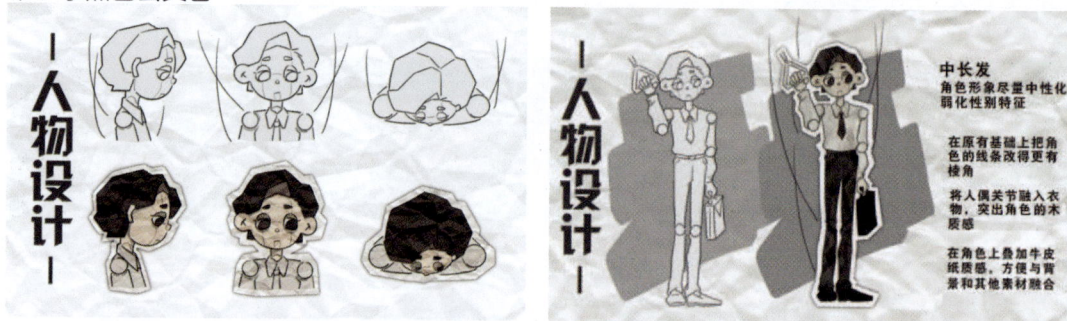

图8-2　角色三视图和最终设定稿

剧本后半段，在角色意外进入七彩世界后，为了暗示角色的心境也随之发生了改变，设计了新的人物服饰，改成蓝白色运动短装，突出角色自信、阳光的面貌，还改变了角色的面部细节，设计如图8-3。这传达了这样一种价值取向：青年群体应以积极的心态面对挑战，管理好自己的情绪，遇到事情要换位思考，向上生长，做充满正能量的人。这些改变在实验动画剧本中都以抽象的剧情表现，进入七彩世界，就是角色心态转变的重要段落。

图8-3　角色进入七彩世界后的设定

3. 设定场景和氛围

根据剧本主题和大纲，开始设定故事发生的场景和氛围。为了展现故事剧情和角色内心的变化，需要先展现角色日常生活和工作的场所，如地铁、街道、办公室等，再刻画角色进入七彩世界后的形象。

同时，创作者决定通过色彩和构图来强调角色在前后不同阶段所处环境的差异，暗示他的心境变化。本片场景主要可以分为两个部分。第一部分的场景主要为灰色基调，包括角色的居住环境、工作环境和通勤环境，创作者利用单一的灰黑配色与特定道具来辅助展现角色情感，用深色调来展现角色压抑的生活，从而带给观众令人厌倦的情感体验。这一部分的场景设定如图8-4所示。第二部分的场景为了表现轻快、自由的氛围，采用更大胆的鲜艳配色，将更无厘头的元素拼贴融合在一起，主要场景有地铁中七彩世界的入口、七彩世界中的花园及主角骑着鱼遨游的海域。这一部分的场景设定如图8-5所示。

图8-4 第一部分的场景设定

图8-5 第二部分的场景设定

4．编写文本分镜头

该实验动画短片只有几分钟，场景较少，因此创作者可以围绕剧本主题、大纲和角色设定，直接编写文本分镜头。

该片文本分镜头见表8-1。

表8-1 TOUCH FISH **文本分镜头**

镜号	景别	内容描述	音效/音乐	时长/秒	备注
1		黑幕	闹钟铃声	5	
2	近景	主角躺在床上，用手拉了一下被子，神态疲惫，眨了眨眼	被子摩擦声	5	
3	中景	主角被线拉动，从床上坐起	线扯动声、被子摩擦声	8	
4	全景	主角掀开被子后下床并离开	被子摩擦声、脚步声	5	
5		主角离开画面，画面模糊，两条金鱼带着线从屏幕两端游入，屏幕上出现标题	线摩擦声	9	
6	中景	主角困倦地刷牙、穿衣、开门、出门	水声、刷牙声、哈欠声、开门声	13	多格，三格画面逐一出现，并左移转场
7	全景	主角穿梭在大厦和木偶之间	环境音、汽车喇叭声	7	
8	中景	主角坐在办公桌前敲打键盘，金鱼从计算机屏幕中游出来并围绕主角游动	嘈杂的环境音、键盘敲打声	10	
9	中景	主角坐在办公桌前敲打键盘，金鱼从计算机屏幕中游出来并围绕主角游动	键盘敲打声随画面增加而增大	14	多格，从两格到九格，主角重复上一画面中的动作，但是背景不同
10	近景	主角坐在办公桌前打哈欠，胸口的电池提示电量过低	哈欠声、电池警报声	4	
11		主角身前的前景被撤走，下一幕的场景出现		4	
12	全景	主角和其他木偶在餐厅内排队领咖啡	餐厅环境音	4	
13	全景	木偶排队领咖啡，接满一杯咖啡后，排在最前方的木偶消失，后面的木偶随之向前移动	水声、摩擦声	8	
14	特写	主角端起咖啡杯，咖啡杯中倒映出主角疲惫的神态，咖啡杯中开始出现金鱼游动的幻影	吐泡泡声	12	

续表

镜号	景别	内容描述	音效/音乐	时长/秒	备注
15	中景	主角站在拥挤的地铁中，地铁正常行驶	地铁环境音	6	
16	特写	主角站在拥挤的地铁中，眼中倒映出车窗外广告牌上的彩色花朵	背景音乐	5	镜头围绕主角旋转到地铁的纵向画面，主角由正面到背面
17	近景	车窗上开出彩色的花朵	轻快的背景音乐	5	
18		白幕	轻快的背景音乐	3	
19	近景 → 中景	主角被刺眼的光照到，闭上眼睛，地铁内的场景变得富有色彩，车厢中长出花朵，还有金鱼在游动	吐泡泡声、花朵生长声、轻快的背景音乐	7	
20	中景	主角跟随游动的金鱼左右探看，试图伸手触碰金鱼	吐泡泡声、轻快的背景音乐	4	
21	特写	主角用手触碰金鱼，金鱼游走，主角伸手用力去够，扯断束缚自己的线	线被扯断的声音、轻快的背景音乐	5	
22	中景	主角奔跑，追逐游动的金鱼，背景在主角奔跑的过程中变为粉色	脚步声、吐泡泡声、轻快的背景音乐	20	主角的衣服更换为蓝白色的休闲套装
23	特写	主角奔跑的脚	脚步声、轻快的背景音乐	3	
24	全景	主角奔跑着追金鱼，大跨步时跌倒	脚步声、轻快的背景音乐	5	
25	特写	主角从上空掉落	轻快的背景音乐	2	
26		依次出现的向日葵铺满屏幕	轻快的背景音乐	3	
27	特写	主角在向日葵前眨了眨眼	轻快的背景音乐	4	
28	远景	主角望着脚下的路，场景中有向日葵，金鱼在其中游动	吐泡泡声、轻快的背景音乐	5	
29	近景	主角奔跑，向日葵从两边往后移动	脚步声、轻快的背景音乐	7	向日葵花心标着不同的单词和字母
30		地球贴图从左下角遮罩移动转场	轻快的背景音乐	3	
31	全景	主角坐在金鱼的背上，吹出星球样子的泡泡，金鱼向右游动离开画面	吐泡泡声、轻快的背景音乐	8	
32	中景	主角坐在金鱼背上，金鱼左右摇晃，金鱼跳出水面，四周波浪起伏	波浪声轻快的背景音乐	7	波浪类似撕碎的纸张，金鱼类似眼睛
33	全景	主角骑着金鱼穿梭在被吊起来的金鱼和渔网中间，最终也被渔网网住，主角从渔网中掉落	波浪声、落水声、轻快的背景音乐	12	

续表

镜号	景别	内容描述	音效/音乐	时长/秒	备注
34	全景	主角向下旋转并掉落至画面中心，衣服、装扮开始变化，四周的纸张形成一个"旋涡"	背景音乐逐渐变调、纸张摩擦声	10	
35		屏幕故障状→黑幕	背景音乐	5	
36	中景	主角站在拥挤的地铁中，慢慢睁眼醒来，注意到自己抓扶手的手	地铁行驶声、地铁到站声	12	音效渐入
37	特写	主角的手上开始出现彩色的线条	地铁环境音	3	
38	特写	主角站在车厢中微笑	地铁环境音	3	主角的纸质描边逐渐消失
39	特写	主角走出地铁，车门外有耀眼的白光，主角倒影为彩色	脚步声	3	
40		白幕		3	
41		片尾			

5. 绘制画面分镜头

根据文本分镜头，绘制画面分镜头。首先，绘制画面分镜头的草稿（图8-6），即根据文本分镜头进行大致的联想和创作，设定画面色彩、构图角度、镜头转场等，并确定大致的剧本节奏和镜头时长，为下一步的创作奠定基础。

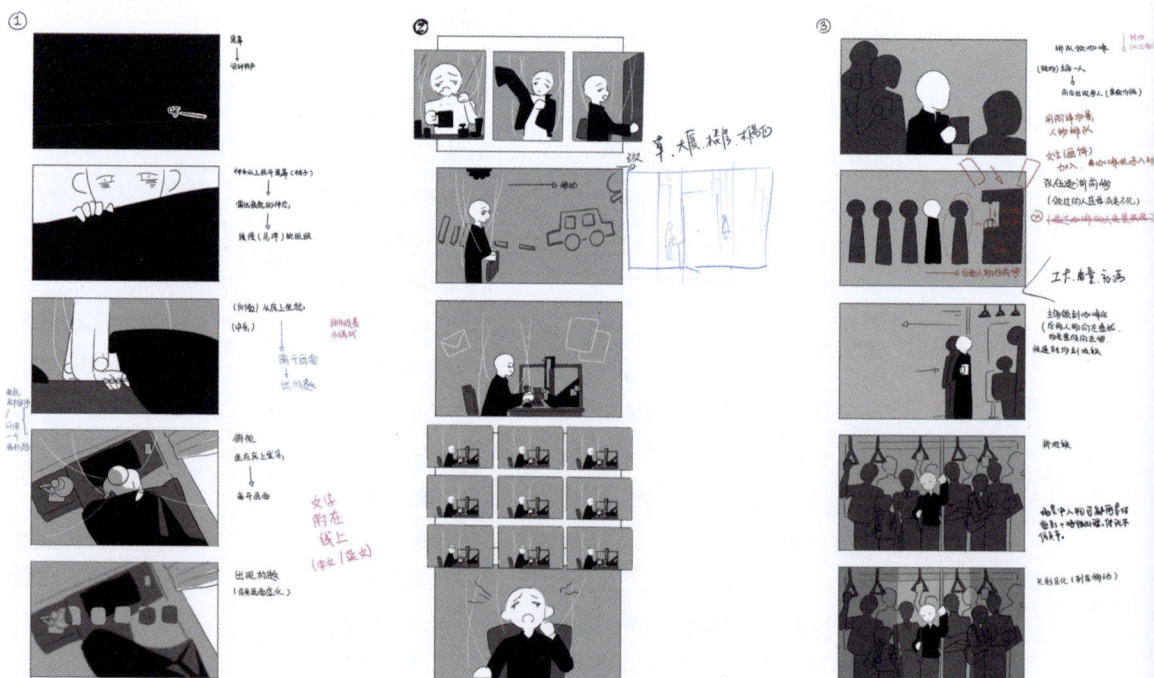

图8-6 草稿

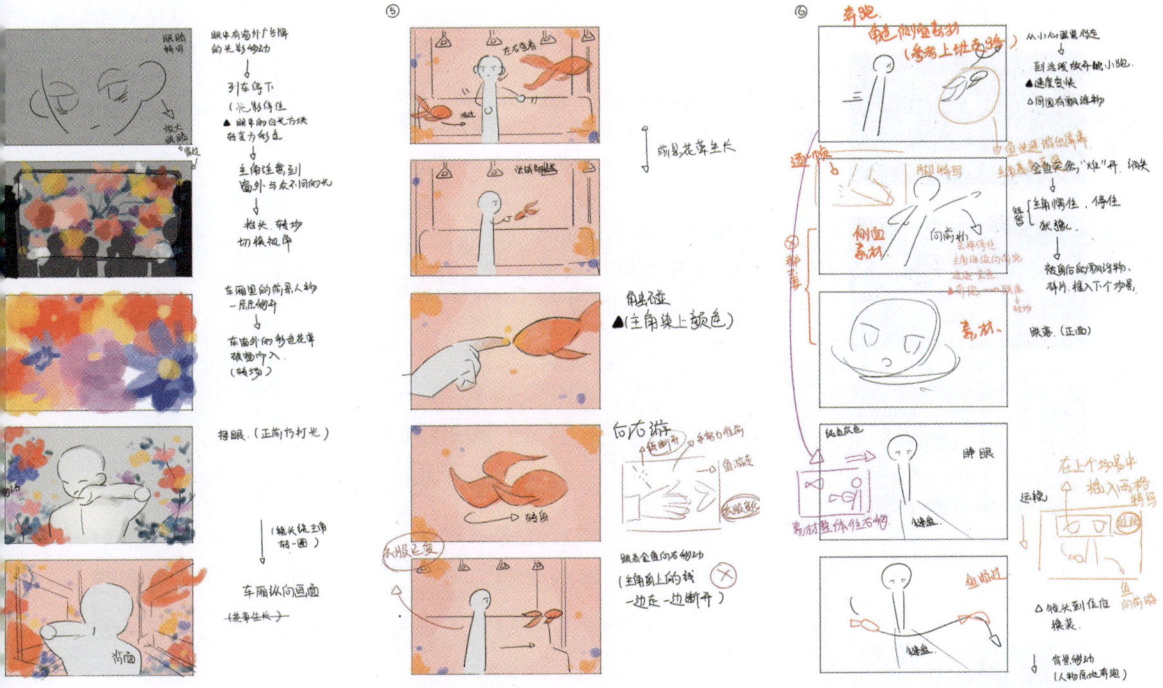

图8-6（续）草稿

　　根据草稿绘制完整的画面分镜头，把各零散的镜头和文字合乎逻辑地组合起来，清晰、生动、完整地表达故事，并正式确定画面和风格。该片画面分镜头（节选）见表8-2，其中，"画面"部分是在成片中截取的，仅用作示范。

表8-2　　　　　　　　　　　　　*TOUCH FISH* 画面分镜头（节选）

镜号	画面	景别	内容描述	音效/音乐	时长/秒	备注
1		全景	主角和其他木偶在餐厅内排队领咖啡	餐厅环境音	4	
2		全景	木偶排队领取咖啡，接满一杯咖啡后，排在最前方的木偶消失，后面的木偶随之向前移动	水声、摩擦声	8	
3	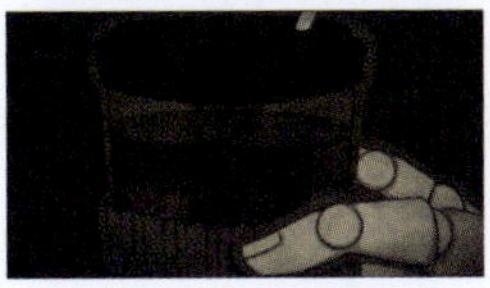	特写	主角端起咖啡杯，咖啡杯中倒映出主角疲惫的神态，咖啡杯中开始出现金鱼游动的幻影	吐泡泡声	12	

镜号	画面	景别	内容描述	音效/音乐	时长/秒	备注
4		中景	主角站在拥挤的地铁中，地铁正常行驶	地铁环境音	6	
5		特写	主角站在拥挤的地铁中，眼中倒映出车窗外广告牌上的彩色花朵	背景音乐	5	
6		近景	车窗上开出彩色的花朵	轻快的背景音乐	5	
7			白幕	轻快的背景音乐	3	
8		近景→中景	主角被刺眼的光照到，闭上眼睛，地铁内的场景变得富有色彩，车厢中长出花朵，还有金鱼在游动	吐泡泡声、花朵生长声、轻快的背景音乐	7	镜头围绕主角旋转到地铁的纵向画面，主角由正面到背面
9		中景	主角跟随游动的金鱼左右探看，试图伸手触碰金鱼	吐泡泡声、轻快的背景音乐	4	
10		特写	主角用手触碰金鱼，金鱼游走，主角伸手用力去够，扯断束缚自己的线	线被扯断的声音、轻快的背景音乐	5	
11		中景	主角奔跑，追逐游动的金鱼，背景在主角奔跑的过程中变为粉色	脚步声、吐泡泡声、轻快的背景音乐	20	主角的衣服更换为蓝白色的休闲套装
12		特写	主角奔跑的脚	脚步声、轻快的背景音乐	3	

续表

镜号	画面	景别	内容描述	音效/音乐	时长/秒	备注
13		全景	主角奔跑着追金鱼，大跨步时跌倒	脚步声、轻快的背景音乐	5	
14		特写	主角从上空掉落	轻快的背景音乐	2	
15			依次出现的向日葵铺满屏幕	轻快的背景音乐	3	
16		特写	主角在向日葵前眨了眨眼	轻快的背景音乐	4	

8.1.3 剧本分析

原创实验动画短片*TOUCH FISH*的剧本创作流程是符合数字短片剧本创作规范的，也是值得学习的。该片反映的是在当代职场青年中出现的"亚文化"现象，其本质是青年的社会性异化和群体性焦虑及与之进行抗争的主体性实践。该片想表达的观点是：在现实世界中，每个人的生活都在时空中连续地、不间断地演绎着。该片从青年的视角入手，选择了贴近生活和时代的主题，具有一定的现实意义。

在角色设定阶段，创作者紧扣剧情需要，塑造了既具有创新性又具有象征性的角色，这有利于实现对剧情的演绎。

在文本分镜头编写阶段，创作者合理安排剧情结构，编排视听元素，完成剧情内容的落实。

在画面分镜头绘制阶段，创作者初步确定各画面分镜头的组合，为成片的制作奠定基础。

8.2 数字广告剧本

8.2.1 剧本概述

1. 作品简介

作品名：心里的那些声音

作者：黄冠月

时长：1分46秒

2. 创作背景

近年来，许多女性问题成为人们关注的焦点。根据《2021"她经济"洞察报告》，中国移动互联网女性用户在2021年已经达到了5.47亿人，另有数据显示，女性消费市场规模已超10万亿元，女性消费力量正在崛起。社会对女性在工作、家庭、健康、教育等方面应享有权利的重视程度开始提升，相关话题不只是出现在新闻报道中，也越来越多地出现在社交媒体等渠道中。女性用品广告对于两性关系、性别平等、性别歧视等社会问题高度重视，并逐渐将话语主体转向女性自身。

8.2.2 创作流程

1. 广告定位与选题发散

首先，在进行广告定位之前，需要根据品牌资料整理过往的营销基础信息和品牌文化，并获取当前阶段的营销主题——策划方向。明确哪些群体会是该产品或服务的潜在消费者，建立品牌与目标市场之间的情感连接，并强化两者的联系，这样能得到更有针对性的创意方案。

其次，根据现有资料和主题提取和洞察关键词——寻找痛点。

再次，完成广告定位后，进行扩写和选题发散。准确的广告定位可以帮助创作者明确选题发散的方向，使选题具有差异性和独特性。

最后，可以根据真实数据或故事，也可以结合当下时事进行热点拓展或回应——寻找小而精的切入点，并充分挖掘价值。品牌可以根据广告定位和选题发散来进行品牌策略匹配和筛选，从而减少后期宣发的公关问题。

要进行女性用品广告的剧本策划，需要深入洞察用户痛点和需求，切忌依据惯性进行想象，也不能模式化两性形象，更不能引起两性对立。《心里的那些声音》主要针对女性用户，联合卫生用品品牌推出广告短片，旨在向女性致敬，号召女性"大胆说出心声"。

该片虽然是围绕女性用户，但也需呈现品牌和产品。创作者从互联网社群入手，收集不同地区、年龄阶层的人群的经历，洞察不同年龄、社会身份、生理状态和心理状态的群体如何自述个体经历，观察不同类别的行为，如日常生活、校园生活、职场工作、情感关系等。

以下是该剧本思维发散策划的节选。

日常生活	校园生活	职场工作
作为女生，周围的人总希望我表现得更温和，但我时常感到情绪波动，只能极力控制自己扮演大家希望我扮演的形象； 人到老年，开始培养新的兴趣爱好，但有人说我没事找事，这让我感到困惑和迷茫	我加入了学校的女子足球队，训练的过程很累，有时我的进步很慢，这让我很气馁，但我仍然觉得我找到了自己的梦想； 有时候身体不舒服，上课很难集中注意力，感觉支撑不住了也不好意思举手示意老师，怕有不好的影响	作为女性外卖员，我常活跃在大街小巷派送外卖，但也有人质疑我的能力； 离开家乡外出打拼，我获得了很多关心，但也有一些"关心"让我感到不太舒服，比如忽视我的专业能力，只关注我的婚恋情况等

创作者应知道，在工作生活中仍然存在对两性关系及青少年教育的僵化刻板印象，甚至存在某些不公平的现象，这些议题需要人们更多地关注思考与推动解决。广告作为一种传播速度快、范围广的媒介方式，可以成为此类议题的抒发载体，应积极进行正向引导和公益宣传。广告剧本应在短时间内展示与表达需要向受众传达的相关话题。

在确定女性题材的定位和选题之时，需要反复审视文本和视觉对象的合理性。想要了解相关社会问题在各行业各领域的体认与看法，需要进行实际的访谈和资料收集。以下是创作者的部分采访内容。

Q1：成长过程中遇到过什么挫折和困难吗？　▼

模特南瓜灯：小时候对相关的生理知识没有了解，所以对很多身体上的变化感到惊慌失措，会表现得很局促和胆小。

连锁酒店品牌总裁程某：成长过程中有很多挫折，但也在朋友、父母、学校的帮助下渡过了难关。在酒店行业，从一线员工到企业高管等不同职位上，都活跃着很多女性的身影。我作为一名女性，拥有对生活的细腻感知，这是一种很强大的优势，可以在酒店行业发挥更大的价值。我鼓励更多的女性加入酒店行业，发挥个人的社会价值。这个行业有很多发展机会，也很有包容性。

互联网设计总监任某：女性在青春期，往往遇到过很多尴尬的事。现实点来说，人生也不可能一帆风顺。我们要做的就是无论遭遇了什么、无论别人怎么看待我们，我们都做好自己、坚守自己所做的选择，在自己的能力范围内，尝试自己想做的、应该去做的事。我从前也遭受过因为性别而产生的质疑，这确实需要强大的精神内核去面对。最后，经过自我疗愈和置换环境，我也逐步成长为更好的自己。

Q2：温暖、有力量的女性公益短片广告应该怎么拍？　▼

儿童教育公众号创始人：希望在公益广告短片的策划阶段，先去掉性别的刻板印象再去写角色的故事。依照这个方式写出来的故事或者拍出来的短片，就不会在一开始就受到性别的限制，更容易呈现真实的人物。同时，也要注重为弱势群体、边缘人群的故事表达与发声。

美术指导钱某：广告应聚焦现实生活中真正的问题，很多女性在青春期对于生理相关内容的认知匮乏，这也导致了很多女性的性格内向和不自信。我更希望公众媒体在我人生的各个阶段，特别是年少时期提供一些认知的方向。在角色的表达上，要注重刻画角色的行为和心路历程，展现角色的成长和变化，打造展现正向价值观的女性公益广告短片。

▼ Q3：有哪些彰显女性力量的作品想要和大家分享？

拳击运动员柳某：我推荐《百万美元宝贝》。它不仅是一部专注于表达女性力量的作品，主人公在逆境中追逐梦想的故事也非常励志，我相信无论男女都能通过这部作品中获得启发，一部好的作品就应该呈现其精神价值。

2. 内容策划与文案构思

近年来，国外聚焦女性广告的研究与发展迅速，各类女性相关广告在各大新媒体平台被强势推出。从2013年开始，女性相关广告进入加速发展期，数量明显增多，越来越多的品牌开始制作女性相关广告。2015年，美国设立女性主义广告奖；戛纳国际创意节也专门为广告设立单独奖项——玻璃：改变之狮（Glass：The Lion for Change），以表彰有意识地解决性别不平等或偏见问题的广告。

《心里的那些声音》也具备一定的公益属性，因此在策划拍摄内容和细节文案时需要同步进行人物收集与筛选，并反作用于内容创作中。同时由于品牌的价值宣传在此片中高于产品宣传需求，因此无须刻意强调产品内容和功能。

女性在广告中往往以"被凝视""被观看""被消费"的角色形象出现。最初的广告中，女性的形象单一刻板，基本都是家庭主妇、漂亮女人等典型形象；抑或出现男女极端对立，将男性贬低或使其渺小来衬托出女性的强大与优越。这些广告表达都不利于两性关系的良好发展。社会对女性形象的错误认知在广告中以两极化分布呈现，未能真实再现两性的现实生活处境，因而带来了一些负面影响。创作者在浏览过往反映女性社会问题的广告短片时发现，剧本中同时呈现多地区、多年龄、多性别的短片甚少，通常集中在某些限定场景之中。因此，剧本的重点在"每时每刻，每个人都应勇敢说出心声"。

部分真实案例及对应文案见表8-3，采访者地域、性别、年龄覆盖全面，大部分案例最终聚焦女性，这使成片更具针对性。

表8-3 部分真实案例及对应文案

地区	性别	年龄/岁	案例内容
四川	女	12	加入学校的女子足球队后，我进行了很长时间的训练，但进步很慢，这让我感到很气馁
山东	女	25	我喜欢留方便打理的短发，但周围的人都希望我打扮得更淑女，我不知道该听从内心还是顺应他人的期望
重庆	女	32	成为女外卖员后，我常活跃在大街小巷派送外卖，但也有人质疑我的能力，认为我不能胜任这个岗位

续表

地区	性别	年龄/岁	案例内容
江西	男	12	我时常觉得妈妈很辛苦，一边工作一边照料着家里，所以我会做一些简单的家务减轻妈妈的负担，我觉得妈妈很伟大
福建	女	52	步入中年以后，我时常感到很闷热、烦躁，这种感觉在夏天更加明显，但周围的人都不理解我的感受，认为我小题大做
浙江	女	68	退休以后，我喜欢上了画画和阅读，每天可以花很长时间在爱好上，但有人说我没事找事，这让我很困惑
湖南	男	29	我在传媒行业工作，工作中遇到的女同事都很细心可靠，经常会有很贴切的好点子
江苏	女	27	我喜欢尝试新事物，比如去没去过的城市旅居或尝试没做过的运动，但身边的人希望我能更稳重，拥有固定的生活节奏

3. 剧本拓展与文本分镜头创作

剧本为广告赋予叙事结构，定义剧情走向和传递核心信息。在这一阶段，创作者应对剧本中的对话、旁白、人物画面进行扩写，通过刻画角色形象、营造场景氛围和情感进行表达，引导观众在情感上产生共鸣。

以下是该广告的文本分镜头节选。

黑屏转场　▼

文字：我们总是用一些"暗语"来表达我们的心声

场景1：户外　日

足球女孩对着墙踢着足球，进行着热身

场景2：室内女孩卧室　日

短发女孩拿着剪刀修剪着自己的头发

旁白：剪短发就是女汉子吗？

场景3：户外街道　日

女外卖员摘下自己的头盔，神色疲惫

旁白：我可以做好吗？

场景4：户外球场　日

足球女孩和同伴躺在球场上休息，一只手揽着足球

旁白：想踢好足球。

场景5：室内　日

中年妇女对着风扇躺着，燥热地大口呼吸着，流下汗滴

旁白：歇斯底里。

（二维动画效果，展现妇女的疲惫。）

场景6：室内奶奶卧室　日

打扮时尚、靓丽的老奶奶画着画

旁白：老人家不要没事找事。

（二维动画效果，展现老奶奶绘画时的神态和动作。）

场景7：室外院子　日

身着少数民族服饰的老奶奶蹲在地上择着菜

场景8：室内游泳池　日

女孩在泳池边犹豫，是否要进入水中

（实拍女孩犹豫的模样，如脚步动作的迟疑。画面配合二维动画效果，表现出水花的图案。）

场景9：室外　日

女孩在湖前伫立，摘掉假发露出寸头

旁白：这样是可以的吗？

…………

▼　**黑屏转场**

文字：其实也没什么不可说的

场景22：手绘背景

女孩向上抬起胳膊，变得更加强壮

（配合肌肉放大音效转场。）

场景23：户外球场　日

足球女孩和伙伴们在球场上奋力奔跑

旁白：想成为足球明星。

（360°拍摄，展现运动的姿态。）

场景24：户外街道　日

外卖员骑着车送外卖的身影

旁白：是外卖员，不是外卖小哥。

场景25：户外球场　日

足球女孩在球场上进行训练。

旁白：世界第一！

场景26：户外　日

女孩朝湖里扔着石头

旁白：也会生气。

场景27：户外　日

穿少数民族服饰的女孩开心地笑着

旁白：想去看世界。

场景28：户外球场　日

足球女孩在球场上奔跑传球

旁白：想奔跑。

（俯视视角，展现动作的全貌。）

场景29：户外球场　日

两个女孩在乡间跳着舞

旁白：想奇奇怪怪。

场景30：户外

老奶奶大笑

旁白：想爱自己。（由全部角色一起说）

4. 画面分镜头绘制

画面分镜头会将剧本中的情节转化为视觉效果画面，确定每个镜头的构图和角度、动作和表情等，直观体现广告画面的视觉呈现方式，从而影响观众的视觉体验。创作者可通过安排不同镜头的顺序和转场，调整广告的节奏和声画效果。写作目的是控制广告的紧张感、节奏感和情绪感，使画面更具吸引力。以下是《心里的那些声音》画面分镜头（节选）（表8-4）。

表8-4　　　　　　　　《心里的那些声音》画面分镜头（节选）

镜号	画面	景别	机位/摄法	内容描述	台词/旁白/字幕/	音乐/音效	时长/秒	场景预期/备注
1		黑屏	固定	文字：我们总是用一些"暗语"来表达我们的心声	我们总是用一些"暗语"来表达我们的心声	人声	3	纯色背景
2		全景	固定	（实拍）足球女孩对着墙踢着足球，进行着热身		户外自然噪声、鞋子摩擦声、踢球声	3	户外
3		特写	固定	（实拍）短发女孩拿着剪刀修剪着自己的头发	剪短发就是女汉子吗？	剪头发声、哼歌声、人声	2	室内女孩卧室
4		近景	手持跟随	（实拍）女外卖员摘下自己的头盔，神色疲惫	我可以做好吗？	电动车声、汽车鸣笛声、城市街道音效、人声	4	户外街道

镜号	画面	景别	机位/摄法	内容描述	台词/旁白/字幕/	音乐/音效	时长/秒	场景预期/备注
5		中景	固定	（实拍）足球女孩躺在球场上	想踢好足球。	球场声、人声	3	户外球场
6		全景	固定	（二维动画）中年妇女对着风扇躺着	歇斯底里。	急促呼吸声、燥热音效、人声	3	室内
7		近景	固定	（二维动画）老奶奶画着画	老人家不要没事找事。	作画声、窗外鸟声、人声	4	室内奶奶卧室
8		中景	固定	（实拍）老奶奶蹲在地上择着菜			2	室外院子
9		特写	固定	（实拍+二维动画）女孩在泳池边犹豫，是否要进入水中			4	室内游泳池
10		远景	固定	（实拍）女孩摘掉假发露出寸头	这样是可以的吗？	水流声、人声	7	户外
…………								
25		黑屏		文字：其实也没什么不可说的	其实也没什么不可说的。	人声	4	纯色背景
26		全景	固定	（二维动画）女孩向上抬起胳膊，变得更加强壮		肌肉变大模拟音效	2	手绘背景
27		全景	360°	（实拍）足球女孩在球场上奋力奔跑	想成为足球明星。	踢球声、呐喊声、鞋子摩擦声、人声	4	户外球场

续表

镜号	画面	景别	机位/摄法	内容描述	台词/旁白/字幕/	音乐/音效	时长/秒	场景预期/备注
28		全景	手持	（实拍）外卖员着急送外卖的身影	是外卖员，不是外卖小哥。	城市环境音、人声	4	户外街道
29		特写	固定	（实拍）跳跃训练的脚步	世界第一！	鞋子摩擦声、人声	5	户外球场
30		全景	固定	（实拍）女孩朝湖里扔着石头	也会生气。	水流声、人声	4	户外
31		近景	固定	（实拍）穿少数民族服饰的女孩开心地笑着	想去看世界。	人声	5	户外乡村
32		全景	固定俯视	足球女孩在球场上奔跑传球	想奔跑。	环境音、人声	4	
33		中景	手持跟随	两个女孩在乡间跳着舞	想奇奇怪怪。	自然噪声、鸟声、流水声、人声	5	户外乡村
34		近景	固定	（实拍）老奶奶大笑	想爱自己。	笑声	5	室内

8.2.3 剧本分析

《心里的那些声音》剧本通过产品的定位来进行创作思路的发散，结合社会实际和采访拓展来进行数字广告创作，致力于输出符合时代与社会需求的创意内容。在剧本中，创作者通过真实的角色形象设计、生活化的场景安排和情感化的叙事表达，引导观众对广告内容产生共鸣。剧本拟定最终成品以实拍和二维动画组成：通过实拍再现现实生活中的人物和场景，贴近人们的遭遇和处境；同时，结合二维动画表现人物抽象的内心感受，增强观众移情。在突出品牌方核心理念之外，也为创作者自身的价值表达提供了条件与机会。

该数字广告以女性为主体，关注女性用户需求和痛点。剧本内容选材年龄跨度大，通过实地走访和互联网收集了多则女性故事，将她们的话语以第一人称视角来展现。剧本设定了山区足球女孩、寸头造型女性、女外卖员、更年期中年妇女、退休老年女性等角色，涵盖了不同的年龄阶段、社会身份和性格属性，以此来表达无论是什么年龄、身份、性格的女性都应勇敢说出自己的心声。由于广告的属性限制，剧本通过三段情节变化来展示女性角色的成长，从她们的困惑到她们的思考，最后到她们勇敢的自白。即便没有完整的个人剧情，单个角色也存在一定的前后变化，如足球女孩训练前中后的进步和心路历程等。因此，文字分镜头和画面分镜头都有意识地根据三段主要情节来编排，同步设计转场、音效、台词、场景和时空变化等因素。

作为女性题材广告的实践，该剧本注重其社会价值导向，更贴合社会发展的趋势，以此取得观众的信任、建立良好的品牌形象，并吸引大众讨论，以去中心化、微观叙事和情感化叙事为创作策略，以真实、亲切为叙事风格，缩小叙事的焦点，建立独立的叙事线，重新探索现代女性的人生价值和社会价值。

8.3 交互游戏剧本

8.3.1 剧本概述

1. 作品简介

作品名：雾

作者：吴宛婷、邱钰、李雨轩、罗岩松、罗舒仁

时长：15分14秒（片段）

2. 游戏剧情

《雾》是一款可以进行实时互动的叙事类动画游戏，玩家通过选择剧情分支选项和即时操作（玩家对游戏画面变化迅速做出反应）两种方式来推动游戏的发展。玩家做出不同的选择，游戏呈现相应结局。游戏剧情围绕一起车辆离奇消失案件展开。偏僻的高速公路被离奇的大雾笼罩，所有驶入这里的车辆皆离奇消失，因此，"奇异事件调查局"派两名调查员进入雾区展开调查。调查员进入雾区之后，首先要调查雾区中最有可能存在幸存车辆的地方——南江服务站。然而他们发现事情并不寻常，并在踏上归途的时候发现无法离开，只能再次回到服务站。这时，离开还是深入服务站内部，选择的权力交给了玩家。图8-7是该游戏的环境氛围图。

图8-7 《雾》环境氛围图

8.3.2 创作流程

1. 确定主题、故事和世界观

交互游戏剧本的主题能赋予游戏发展方向，在设计时要结合当下热点，以增强游戏的吸引力。

该作品借助科幻题材探讨处在危机中时人们应当如何理性应对。在交互游戏剧本中，科幻题材赋予了游戏世界未来感与科技感，创作者在角色与场景的创作上也有了明确的大方向——"次时代"风格。

故事发生在处于大雾笼罩的南江市，所有驶入这里的车辆均离奇消失，玩家扮演调查员进入雾区中的南江服务站调查。在调查过程中，玩家无法离开雾区，面对与外界失联的突发状况，玩家需要灵活采取应对策略。

2. 塑造角色、场景与道具

根据游戏主题、故事和世界观，创作者可进行调研及分析，设计符合剧本设定的角色、场景与道具。为呈现出与剧本设定相符的游戏画面，创作者选择以"次时代"风格进行表现。

创作者在角色的服装设定中，为满足游戏风格与角色职业的要求，在改造运动风格服装的基础上，设计了带有未来元素的机械化道具和标志性图案，注重服装的实用性、便捷性与美观性，在使服装满足剧情需要的同时，更加契合角色的形象。在服装颜色的设计上，创作者主要采用了亮青色与大面积的黑色，二者对比强烈，能突出科技感与未来感。

图8-8为调查员2号，在游戏剧本中，该角色体型高大，肤色较黑，讲义气且性格粗犷，其服装内为方便行动的蓝黑色纳米紧身衣物，附着给四肢助力的机械外关节、护胸、护颈，上身外穿厚实、浅棕色且印有军队标志的旧夹克，背上有小型供氧系统，管道连至面罩，还有单眼智能识别眼罩，等等。

相比调查员1号（图8-9），调查员2号的体型更大，双臂的机械外关节也就更大；相比调查员2号，为配合外形设计，调查员1号的性格较为沉稳，具有较强的洞察力，善于分析。

在场景设计中，创作者采用了充满荒芜感的游戏场景，这能在细节上烘托游戏的整体氛围。场景类型预设是带有岁月痕迹的旧科幻时代，在自然的侵蚀下，场景中的物件都不会很新。场景以蓝色这类偏冷的色调作为主色调（图8-10），创作者想通过场景的氛围感，引导玩家产生紧张情绪，从而达成游戏目标。

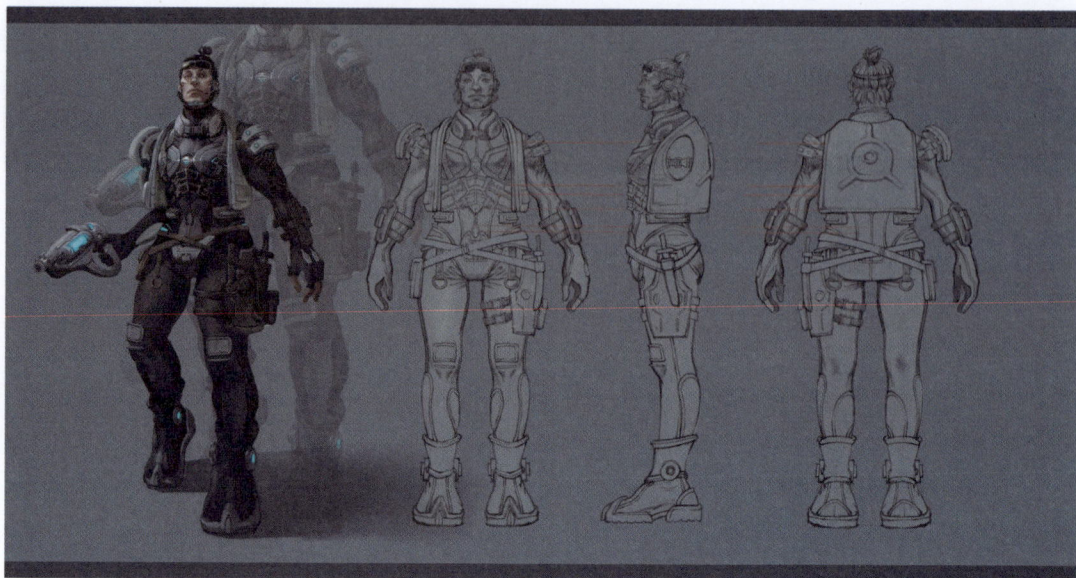

图8-8 调查员2号

　　净化装备、主角头盔、异化面具、能源手枪以及主角驾驶的车辆（图8-11）等道具的设计，符合游戏背景的设定，这些道具均是在现实生活中的物件基础上改造而成的，结构更加复杂，更具机械感。

图8-9 调查员1号

图8-10 《雾》场景设计

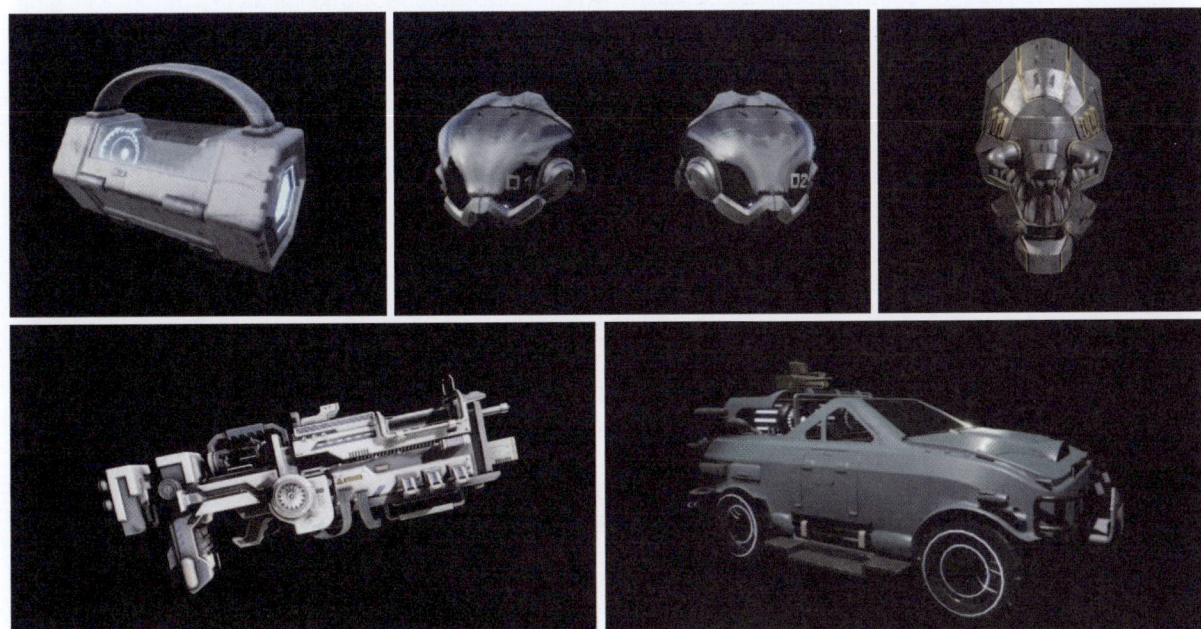

图8-11 《雾》道具设计

净化装备的设定：舱内发出的射光将异化面具笼罩，管道后的瓶装物吸收异化能量后变为深色。异化面具的设定：具有骨头质感，加光体，在净化后失去光泽。主角驾驶的车辆的设定：侧放轮，装甲加越野风格，车尾设置了悬浮推动装置。

3. 编写游戏剧本（片段）

CG01"地铁车厢"

BGM01 开始

这个世界，总会发生一些奇异事件……▼

CG02"未知生物"

它们离奇、诡异……▼

CG03"黑屏"

CG04"地铁车厢"

甚至危及人们的生命。▼

CG05"黑屏"

CG06"调查局成员"

奇异事件调查局也因此成立。▼

身为调查员，我们的职责就是去处理这些事件，平息舆论，避免引起恐慌。▼

BGM01 结束

CG07"黑屏"

BGM02 开始

CG08"新闻播报"

女声：近日，南江市高速公路因气候异常出现罕见大雾天气，经查证，经过该路段的车辆无一返还的类似消息皆为谣言。因大雾天气，该路段早已封锁，并无车辆出入，请计划出行至该地区的旅客……▼

CG09"两位调查员中途关掉新闻后在车中对话"

调查员2号：（坐在副驾驶）又是这种报道。▼

调查员1号：（驾驶车辆）舆论的力量是很可怕的，更何况是这种离奇的事情，虽然大多数都是瞎说的。▼

调查员2号：哼，气候多变……如果真是气候多变，那还派我们去干吗？好在这种事只是偶尔发生，希望此行顺利吧。▼

CG10 "调查员1号和调查员2号向组织汇报当前状况"

组织联络员：调查员1号、调查员2号，请报告当前状态。▼

调查员1号：1号报告，我们已经到达雾区边界，一切正常，正准备进入雾区执行任务。▼

组织联络员：调查员1号、调查员2号，为了确保安全，请全程保持联系。▼

调查员1号、调查员2号：收到。▼

CG11 "调查员驱车进入雾区"

调查员2号：（打哈欠）好困啊……▼

BGM02 结束

BGM03 开始

CG12 "调查员1号和调查员2号进入雾区，并向组织汇报当前状况"

调查员1号：1号报告，目前我们已进入雾区，高速公路上没有先前消失车辆的踪影。除了我们，一个人也没有。▼

组织联络员：收到。请继续调查。▼

BGM03 结束

BGM04 开始

CG13 "调查员在雾区前行，发现端倪，驶入南江服务站"

调查员2号：（被急刹车弄醒）呃……怎么了？▼

调查员1号：（指着路牌的方向）刚刚过去的路牌，好像……▼

调查员2号：（转头看路牌）路牌怎么了？▼

调查员1号：没什么，可能是太累了，眼花了。▼

调查员1号：（推了推又睡着的调查员2号）喂，醒醒，到地方了，起来了。▼

调查员2号：哦。▼

CG14 "调查员驶入南江服务站"

CG15 "调查员在南江服务站调查"

调查员1号：1号报告，我们目前到达了南江服务站，服务站内停有两辆私家车，疑似消失

车辆。收到请回复。▼

　　调查员1号：喂？能听到……▼

BGM04 结束

BGM05 开始

CG16"调查员1号听到黄色私家车内的音乐声，前去调查"

（黄色私家车）这里很干净，没有留下什么▼

CG17"听到车载音响音乐，前往调查蓝色私家车，有发现"

调查员1号：1号报告，1号报告，听到请回答。▼

（蓝色私家车）调查选项：

1. 驾驶台上摆件的造型有点奇怪啊，没见过，是什么新产品吗？▼

2. 车里的音乐还在播放，没有停止。▼

3. 车辆充电中，但电量已满……▼

4. 没有打斗痕迹……▼

CG18"调查员1号向调查员2号告知情况"

调查员2号：我调查了服务站内的房间，大厅里很乱，有条走廊通向里面的空间，也没有留下特殊的痕迹和物品，你那儿情况如何？▼

情况选项：

1. 摆件的奇怪造型▼

调查员1号：蓝色私家车里有一个很奇怪的摆件，不像招财猫、平安符之类常见的摆件，有些狰狞，没有见过。▼

调查员2号：那会不会是小孩子的玩具，或者什么周边……▼

2. 音乐一直在播放

调查员1号：车载音响没有关，音乐一直在播放，所以我推测事发突然，车主没有来得及关掉音乐。▼

调查员2号：收到。▼

3. 汽车的电量

调查员1号：车辆充电中，但电量已满，从显示器记录的时间上看，该车进入服务站已经超过23小时。▼

调查员2号：收到。▼

4. 没有打斗痕迹

调查员1号：车内没有打斗痕迹，第一现场不在车内，或事发突然，车主没有来得及做出反应。▼

调查员2号：收到。▼

CG19"调查员准备离开服务站，前往雾区内的其他地点进行调查"
调查员2号：既然这样，我们继续向前走吧。▼

BGM05 结束

BGM04 开始
CG20"调查员2号发现了路牌在重复出现，他们与调查局失联"
调查员2号：（手指着路牌）等一下。▼
调查员1号：啊？（停车）▼

调查员1号：你的对讲机有信号吗？▼
调查员2号：我的也没有……（尝试让对讲机开机）没电了还是怎么回事？出门时电量都是满的。▼
调查员1号：嗯……没办法，只能先向前走了。▼

BGM04 结束
CG21"调查员根据路牌指示，回到了南江服务站"
CG22"发现场景有所改变，重新调查蓝色私家车"
调查员1号：（重新调查蓝色私家车）▼
（蓝色私家车）没有新的痕迹……少了些东西……现在这个摆件看起来正常多了，有什么人来过这里吗？▼
调查员2号：喂，有人吗？▼

CG23"调查员2号受到袭击，调查员1号前往增援"
动作选项：
1. 方向键"下"▼
2. 方向键"上"▼
3. 方向键"右"▼
4. 键盘"X"——击晕/键盘"Y"——放手▼
调查员2号：啊……啊……疼疼疼。▼
调查员1号：听我讲，那个家伙不对劲……你，啊，他过来了！▼
动作选项：

1. 键盘"X"——击晕▼
2. 方向键"右"▼

CG24"玩家选择剧情走向"

行动选项:

1. 方向键"左"——上车▼

2. 方向键"右"——躲进服务站▼

4. 游戏分镜头

根据游戏剧本的内容，创作游戏前情提要（图8-12）、剧情及分支选项（图8-13、图8-14、图8-15）的分镜头草图，以初步确定游戏画面的构图与角度、角色动线等，把握游戏的大致时长和节奏，为后期制作奠定基础。

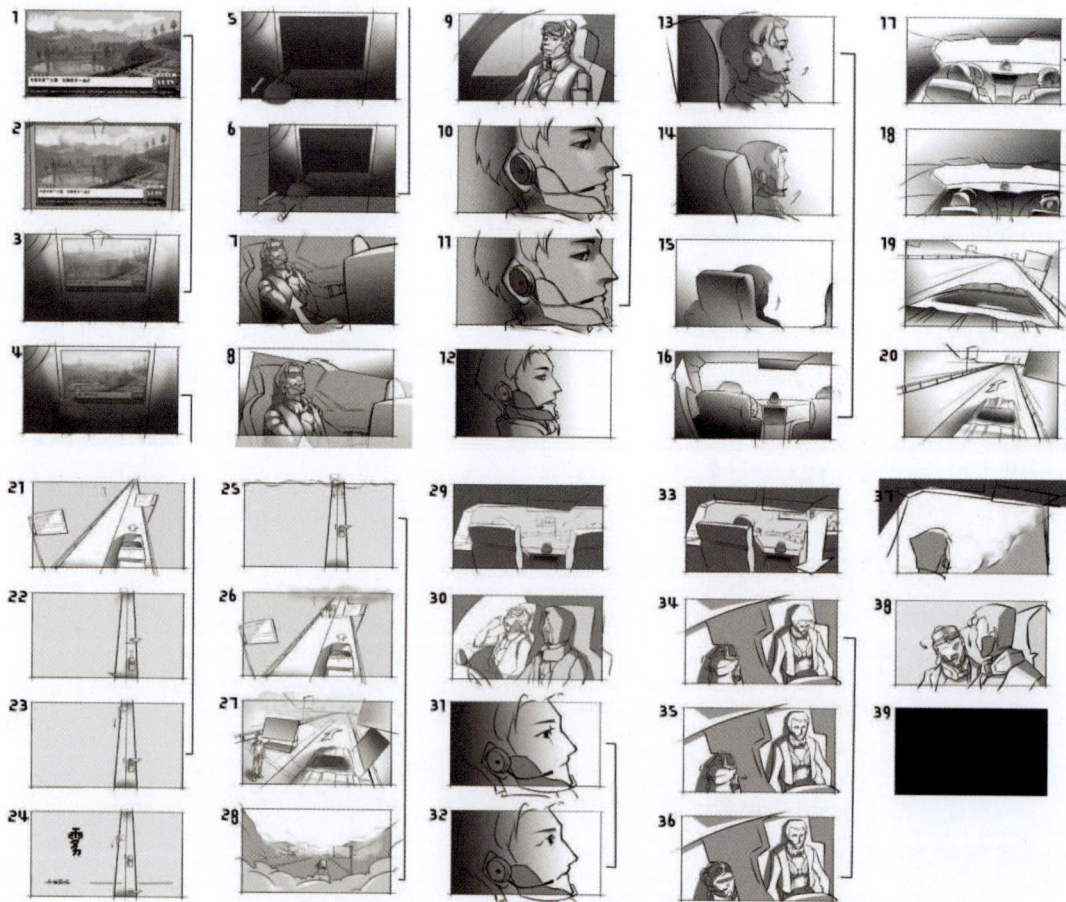

图8-12 前情提要分镜头草图

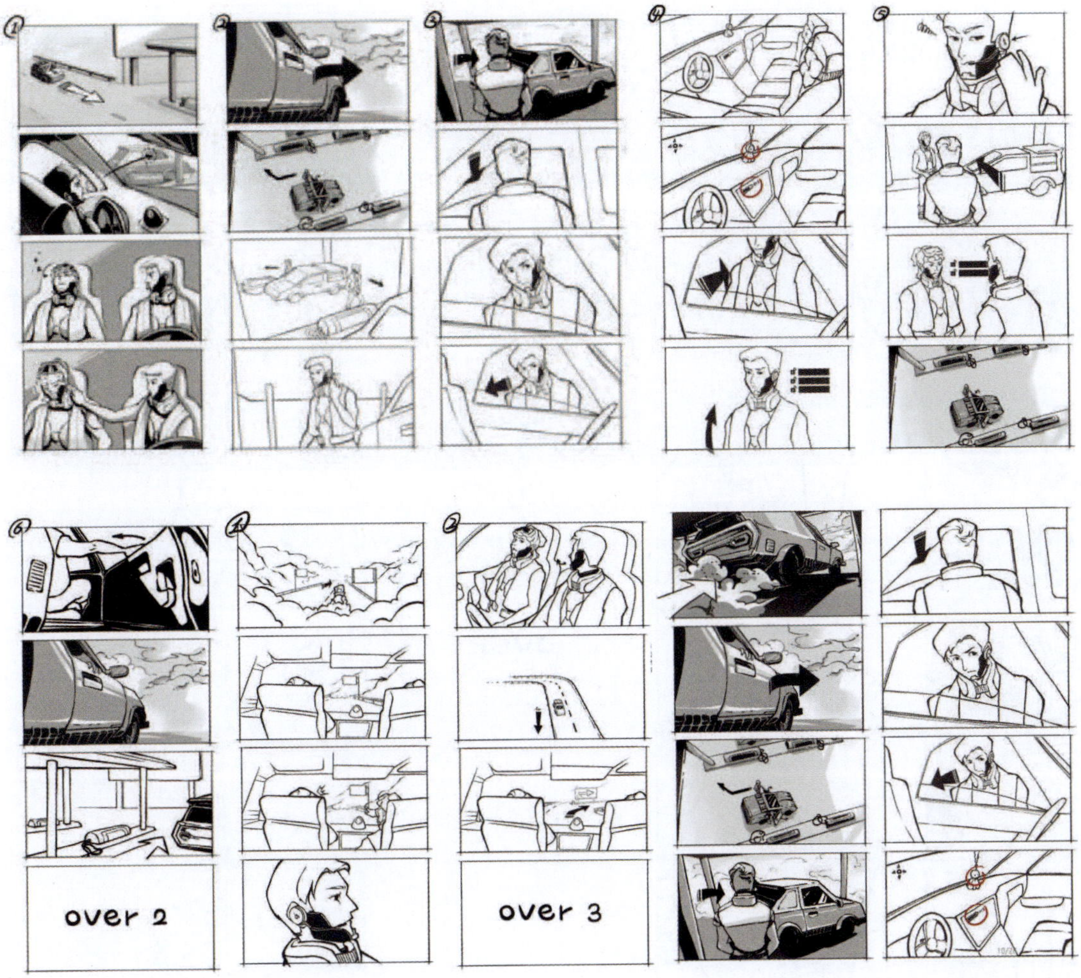

图8-13　剧情及分支选项分镜头草图1

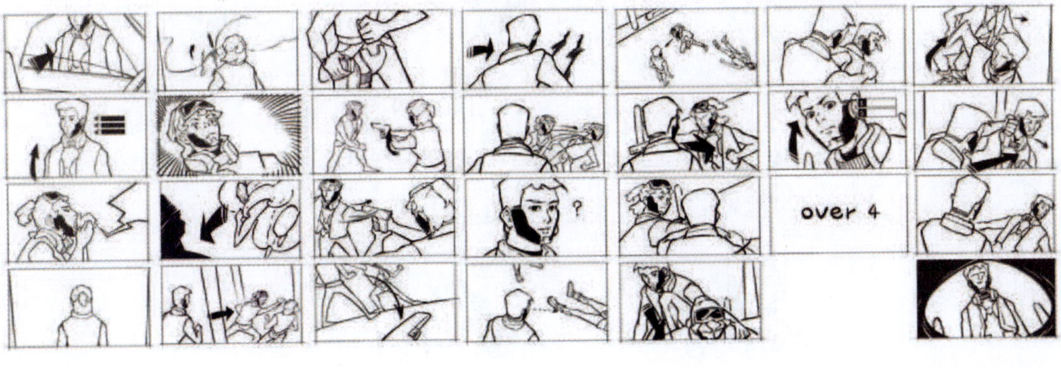

图8-14　剧情及分支选项分镜头草图2

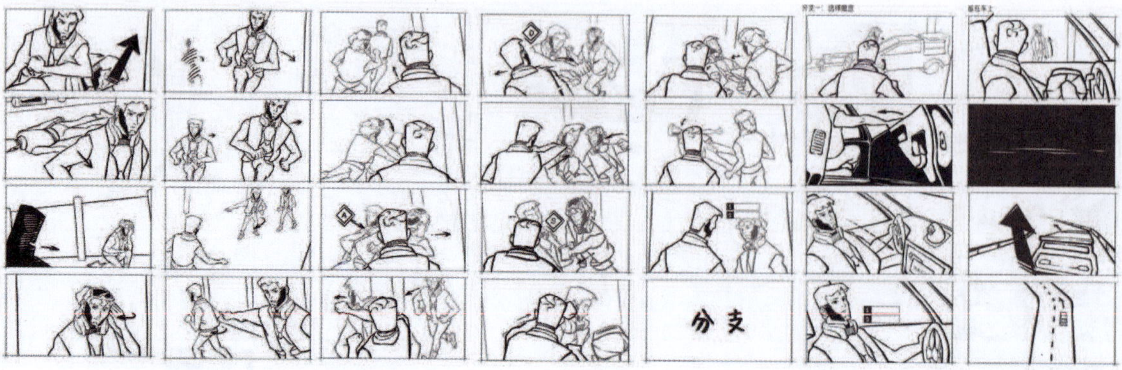

图8-14　剧情及分支选项分镜头草图2（续）

图8-15　剧情及分支选项分镜头草图3

接下来，根据游戏剧本的分镜头草图创作游戏，并及时调整，以使玩家得到更好的游戏体验。《雾》的游戏分镜头（节选）见表8-5，其中的"画面"截取自实际游戏画面，用于示范。

表8-5　游戏分镜头（节选）

镜号	画面	景别	机位/摄法	内容描述	台词/字幕	音乐/音效	时长/秒	场景/备注
1		中景	缩小镜头（推镜头）	描述游戏世界发生的危机	这个世界，总会发生一些奇异事件……		6	
2		近景	缩小镜头	描述游戏世界的危机源头	它们离奇、诡异……		4	
3		黑场	固定	黑场			1	
4		中景	缩小镜头	描述游戏世界的危机给人类带来的灾难	甚至危及人们的生命	弦乐（营造神秘感）	4	
5		黑场	固定	黑场			1	
6		中景	左推镜头	为应对危机，成立了奇异事件调查局	奇异事件调查局也因此成立		6	
		中远景	缩小镜头		身为调查员，我们的职责就是去处理这些事件，平息舆论，避免引起恐慌		7	
7		黑场	固定	黑场			3	

续表

镜号	画面	景别	机位/摄法	内容描述	台词/字幕	音乐/音效	时长/秒	场景/备注
8		全景	固定	新闻播报南江市的高速公路上突然出现异常大雾	（女主播）近日，南江市高速公路因气候异常出现罕见大雾天气，经查证，经过该路段的车辆无一返还的类似消息皆为谣言。因大雾天气，该路段早已封锁，并无车辆出入，请计划出行至该地区的旅客……	新闻女主播声、户外白噪声	19	车载屏幕
9	中景 中景	中景 中景	固定	两位调查员在车内听完新闻后的对话	（调查员2号）又是这种报道。 （调查员1号）舆论的力量是很可怕的，更何况是这种离奇的事情，虽然大多数都是瞎说的。 （调查员2号）哼，气候多变……如果真是气候多变，那还派我们去干吗？好在这种事只是偶尔发生，希望此行顺利吧		22	车内
10		远景	固定	调查员与组织汇报交谈	（组织联络员 女）调查员1号、调查员2号，请报告当前状态。 （调查员1号）1号报告，我们已经到达雾区边界，一切正常，正准备进入雾区执行任务。 （组织联络员 女）调查员1号、调查员2号，为了确保安全，请全程保持联系。 （调查员1号、调查员2号）收到	户外白噪声、车辆驾驶声	14	
11	全景 中景	全景 中景	固定	调查员1号根据指示牌驾驶车辆进入雾区 调查员2号打哈欠	 （调查员2号）好困啊……		8 9	车内

续表

镜号	画面	景别	机位/摄法	内容描述	台词/字幕	音乐/音效	时长/秒	场景/备注
12		全景	固定	调查员已到达雾区，汇报当前状况	（调查员1号）1号报告，目前我们已进入雾区，高速公路上没有先前消失车辆的踪影。除了我们，一个人也没有。 （组织联络员 女）收到。请继续调查		15	高速公路
13		全景	固定	调查员发现路牌似乎有端倪，急刹车	（调查员2号）呃…怎么了？ （调查员1号）刚刚过去的路牌，好像… （调查员2号）路牌怎么了？ （调查员1号）没什么，可能是太累了，眼花了	户外白噪声、车辆驾驶声	36	车内
14		全景	固定	调查员驶入南江服务站			7	高速公路
15		中景	跟随	调查员1号汇报南江服务站的情况	（调查员1号）1号报告，我们目前到达了南江服务站，服务站内停有两辆私家车，疑似消失车辆。收到请回复。喂？能听到……	开关车门的声音、脚步声、电线火花声	10	南江服务站
16		中景	跟随	调查黄色私家车	（黄色私家车）这里很干净，没有留下什么……	音乐声、电线火花声、脚步声、悬疑音效	17	同上
17	 	中景	跟随 左右推镜头	跟随车载音响的音乐声，调查蓝色私家车，有发现	（调查员1号）1号报告，1号报告，听到请回答 （蓝色私家车）调查选项： 1. 驾驶台上摆件的造型有点奇怪啊，没见过，是什么新产品吗？ 2. 车里的音乐还在播放，没有停止。 3. 车辆充电中，但电量已满…… 4. 没有打斗痕迹……	音乐声、电线火花声、脚步声	60	蓝色私家车

续表

镜号	画面	景别	机位/摄法	内容描述	台词/字幕	音乐/音效	时长/秒	场景/备注
18		中景	跟随	两位调查员分享各自发现的线索	（调查员2号）我调查了服务站内的房间，大厅里很乱，有条走廊通向里面的空间，也没有留下特殊的痕迹和物品，你那儿情况如何 情况选项： 1. 摆件的奇怪造型 （调查员1号）蓝色私家车里有一个很奇怪的摆件，不像招财猫，甚至清新剂、平安符之类常见的摆件，有些狰狞，没有见过。 （调查员2号）那会不会是小孩子的玩具，或者什么周边…… 2. 音乐一直在播放 （调查员1号）车载音响没有关，音乐一直在播放，所以我推测事发突然，车主没有来得及关掉音乐。 （调查员2号）收到。 3. 汽车的电量 （调查员1号）车辆充电中，但电量已满，从显示器记录的时间上看，该车进入服务站已经超过23小时。 （调查员2号）收到。 4. 没有打斗痕迹 （调查员1号）车内没有打斗痕迹，第一现场不在车内，或事发突然，车主没有来得及做出反应。 （调查员2号）收到	音乐声、电线火花声、脚步声	55	南江服务站
19		全景	固定后跟随	调查员准备离开服务站，前往雾区内的其他地点进行调查	（调查员2号）既然这样，我们继续向前走吧	开关车门声、电线火花声、驾驶车辆的声音、鼓点音效	27	

续表

镜号	画面	景别	机位/摄法	内容描述	台词/字幕	音乐/音效	时长/秒	场景/备注
20		近景	固定	调查员2号发现了路牌在重复出现	（调查2号）等一下。 （调查员1号）啊？			
		全景	小幅度放大镜头	停车，发现对讲机没有信号，他们与调查局失联	（调查员1号）你的对讲机有信号吗？ （调查员2号）我的也没有……没电了还是怎么回事？出门时电量都是满的。 （调查员1号）嗯……没办法，只能先向前走了	户外白噪声、停车声	48	
21		全景	固定	调查员根据路牌指示，回到了南江服务站		户外白噪声、停车声、电线火花声	10	
22		中景	跟随	重新调查蓝色私家车	（蓝色私家车）没有新的痕迹……少了些东西……现在这个摆件看起来正常多了，有什么人来过这里吗？	电线火花声、具有神秘感的音效	25	南江服务站
		中景	左右推镜头					
		远景	固定					
23		全景	平移镜头	调查员2号受到袭击，调查员1号前往增援	动作选项……	跑步声、打斗音效、鼓点音效	28	
24		中景	固定	玩家选择剧情走向	行动选项： 1. 方向键"左"——上车 2. 方向键"右"——躲进服务站		3	

8.3.3 剧本分析

该游戏剧本的前期设计符合交互游戏剧本创作流程，即确定主题、故事、世界观，塑造角色，等等。"次时代"的风格结合科幻题材，给游戏的主题和世界观的确定指明了方向；在该作品的角色设计、场景设计和道具设计等方面，创作者在保持写实的基础上，增加了机械化的处理，增强了作品的科幻感。

《雾》的主题可概括为"面对突发状况，你会怎么做?"。在该主题下，游戏的目的便是如何处理突发事件。如果要达到游戏目的，就需要玩家代入游戏角色来体验剧情，反过来说，角色设计要能够帮助玩家代入情感。在作品《雾》中，角色的职业是调查员，这能够使玩家对角色产生一些既有印象，如角色具备较强的逻辑思维能力和打斗能力，穿着便于行动及装备齐全等，这些特点在剧情设计中也需要体现出来；游戏世界具有强烈的科幻感，那么角色、场景和道具的设计就要符合这一特征，以写实风格为基础的世界观同样需要得到体现，比如打斗动作的设计、驾驶车辆的设计、调查方式的设计、翻越障碍的动作设计等都需要基于现实生活。

《雾》的剧本结构完整，有开端、发展、高潮和结局4个部分。开端——奇异事件的发生危及人类的生存，奇异事件调查局的成立旨在处理事件、平息舆论、避免恐慌，调查局派两名调查员前往南江市调查失踪车辆事件。发展——调查员来到南江服务站，在服务站内进行第一次调查。高潮——调查员准备前往第二处地点调查，发现路牌在重复出现，再次开车到了南江服务站，这次的调查发现与第一次有所不同，并且调查员遭到袭击。结局（设计了3个分支选项）——一是成功通过策略解决了事件；二是驱车逃离并失去了联系；三是车辆没电，逃离失败。这从叙事角度来说属于AB选择型叙事。创作者通过在关键情节点设置交互的机会，玩家能够跳转至关键情节点去体验其他的结局。

创作者根据前期的游戏设定与剧本进行后期制作，通过实时互动的形式，以及丰富的剧情、选项与动作等，给予玩家更高的自由度。该作品希望在带给玩家精美的画面及丰富的游戏操作的同时，可以结合电影擅长叙事的优势以及游戏可实时互动、沉浸感强的特点，帮助玩家更深入地感受故事的发展。